SV

Augusto Roa Bastos

GEGENLAUF

Roman

Aus dem Spanischen
von Elke Wehr

Suhrkamp

Die Originalausgabe erschien 1994 unter
dem Titel *Contravida*.

Erste Auflage 1997

Satz: IBV Satz- und Datentechnik, Berlin
Druck: Wagner GmbH, Nördlingen
Printed in Germany

GEGENLAUF

Meinem Dorf Iturbe

ERSTER TEIL

I

Das erste, was ich an meinem Körper bemerkte, war der Geruch nach Aas.

In der verrenkten Position der Verdammten lag ich halb eingesunken in Morast und Gestrüpp. Durch die blutigen Wülste der Augenlider sah ich verschwommen meinen Körper, schwarz von Fliegen, von Saugwespen, von den schrecklichen *tahyi-rë*-Ameisen, die in Reihen an meinen Armen und Beinen hochkrochen.

Der salzige Dunst des Windes, der von der Bucht her wehte, ließ die eitrigen Risse meiner Wunden brennen. Die Hitze und der Tod bewegten sich im selben Wind.

Ich fühlte mich nicht ganz tot, aber ich wäre es gern gewesen, wie die anderen.

Mit großer Anstrengung hob ich die Hand an die Brust. Ich spürte das Pulsieren des Blutes, das sich wie Sand im Körper verstreute. Das Herz eines Toten schlägt nicht, dachte ich im flatternden Schwindel des Alptraums.

Dieser Sand trockenen Blutes, der durch meine Adern rann, war Teil des Alptraums, der nicht mehr aufhören würde.

Ich war noch kein Leichnam, aber ich trug den Tod in der Brust. Ein gewaltiger, beißender Tumor. Er füllte meinen ganzen Körper aus. Er nahm meinen Platz ein.

Dieser Tumor war unheimlich, denn er war noch immer Leben.

Ein paar Frauen der Chacarita hatten mich in der Nacht auf einen Handkarren geladen und mich zu einer Hütte voller Feuchtigkeit, Armut, Trauer gebracht.

Warum in der Chacarita, diesem Ort der Überschwemmungen, der Totschläger der Parteisektionen, der luxuriösen Villen der Neureichen, der in tiefster Armut lebenden Landbewohner?
Welche Anziehungskraft, welcher Instinkt, welche Vorahnung hatte mich an diesen Ort geführt?
Ich war bewußtlos, so daß ich in den ersten Tagen nichts um mich herum bemerkte.
Ich konnte mir nichts erklären. Ich erinnerte mich an nichts.

II

Von diesen Frauen erfuhr ich später, daß ich seit mindestens drei Tagen, als die Nachricht von der Flucht sich durch Rundfunk und Fernsehen zu verbreiten begann, im Schlamm des Viehgeheges gelegen hatte.
Der Zufall ist mein Verbündeter, mein Komplize.
Ich weiß, daß er auch mein Todfeind ist. Er spielt mit mir die schlauesten und seltsamsten Spiele. Ich lebe unter seinem Zeichen, und es ist sicher, daß ich unter seinem Zeichen auch meinen letzten Atemzug tun werde.

Meine Erinnerungen bestanden jetzt nur noch aus dem, was diese Frauen, die mich halb beunruhigt, halb mitleidsvoll betrachteten, mir wirr erzählten.
Mich umgaben ihre dunklen, zeitlosen Gestalten. Für sie existierte die Zeit nicht. Nur das unmittelbare Gewahren der Gegenwart. In diese Gegenwart war ein Unbekannter eingetreten, der dem Tod ins Auge blickte. Das war alles, was sie wußten.
Sie steckten ihre Köpfe zusammen und flüsterten mitein-

ander wie bei der verfrühten Totenwache von jemandem, dem der Tod nur eine Frist gewährt hat.

III

Die Frauen versteckten mich in einem der Abzugsgräben, die dazu dienen, die Regenfluten zu kanalisieren, und mit dichter Vegetation bedeckt sind.
Sie gingen gleich wieder fort, in einem Geheimnis verschworen, das sie nicht offenbaren durften und konnten.
Nur die Besitzerin der Hütte blieb zurück, eine alte Frau, mager wie ein Skelett, deren Gesicht ich nicht sehen konnte, da es halb vom dunklen, zerlumpten Umschlagtuch verdeckt war.
Von Kopf bis Fuß eingewickelt in Stoffbinden, die auf Schichten kleingestoßener Heilkräuter drückten, atmete ich diese wilden, scharfen und milden Säfte ein. Nach und nach erkannte ich das Aroma des Rosmarins, der Victoria regia, der unverwüstlichen *ysypó*-Liane, die mich der fernen, unerreichbaren Wirklichkeit des Dorfes näherbrachten, in dem ich geboren bin.

Von dem unter Wildwuchs verborgenen Graben aus glitt der Tag zwischen zwei Horizonten aus Dunkel und Licht dahin, die für mich nur Abstufungen einer ständigen, endlosen Nacht bedeuteten.
Die ganze Vertiefung füllte sich für Augenblicke mit einem zur Reglosigkeit erstarrten Wind, der eine stumme, aber bedrohliche Botschaft in sich trug.
Dann lastete die Hitze auf meinem Körper wie ein steinerner Block.
Zu mir drang das ferne Gebell der Hunde, das Ächzen der

Wurzeln, die Geschäftigkeit der Ratten, der Hauch der Unterwelt, wo das Verbrechen seinen Geifer aus Blei ausbrütet.
Die Blätter verbargen die Sterne und den Mond. In der weißen Finsternis des Mittags war die Sonne kaum mehr als ein rötlicher Fleck, der durch das Dickicht glitt, bis er in völliger Dunkelheit erlosch.
Das hungrige Geheul einer Eule zeigt mir an, daß die Nacht Nacht war. Die Qual der Knochen, daß der Tag Tag war. Die Angst des Wartens, daß die Zeit reglos ist wie die Ewigkeit.

Das schwache Klopfen meines von den Verbänden zusammengepreßten Pulses dröhnte in meinen Ohren mit dem dumpfen Getöse einer Explosion.
Später gewahrte ich, daß es nicht mein Puls war, sondern die Erschütterung des Einsturzes, die noch immer in meinem Kopf nachhallte.
Wenn dieser dumpfe Lärm ganz und gar verklungen wäre, würde ich tot sein, ohne es zu wissen. Wie ich geboren war.

IV

Die Besitzerin der Hütte brachte mir Brühe; meine Lippen, aufgerissen an einem Felsstein im Tunnel, konnten sie nur in langsamen Schlucken mit langen Pausen schlürfen. Sie lockerte mir die Binde am Kopf.

Ich erkannte den Ort wieder, an dem die Frauen mir Zuflucht gewährt hatten: das ungleichseitige Dreieck, das von der Kathedrale zum früheren Seminar geht, das heute

Kaserne ist; vom alten Rathaus über das riesige Schloß der Militärschule bis zum Polizeirevier.

Ich hatte bei meiner Flucht nicht mehr als fünfhundert Meter zurückgelegt, als ich den Abhang der Müllhalde hinunter auf die Sohle des Viehgeheges gestürzt war, fern von den hohen Häusern, die die reichgewordenen Söldner des Regimes sich im Schlamm und im Elend ihres Heimatortes hatten bauen lassen.

Ich begann die Glockenschläge der Kathedrale zu hören, die die Stunden anzeigten. Diese Glockenschläge erinnerten mich an die Klagen der Gefangenen über die Kathedralenuhr: *Warum schlägt sie nicht lieber Jahrhunderte statt Stunden...*
Ein Spruch so alt wie das Gefängnis neben der erzbischöflichen Kirche.
Ein Gefangener fragte den *Paí* Ramón Talavera, den Gefängnisgeistlichen, warum die Stunden in den Glockenschlägen der Kathedrale so langsam seien.

Der Kaplan, Beschützer der Gefangenen und Komplize der einen oder anderen Flucht, antwortete ihm augenzwinkernd: »Sicher, um uns daran zu erinnern, wie langsam die Kohlenfeuer der Hölle brennen.«

V

Als ich einen stimmenähnlichen Laut von mir geben konnte, fragte ich die Alte, warum sie sich der nutzlosen Gefahr aussetzte, mich bei sich zu Hause zu verstecken.

Zuerst verstand sie nicht, was meine stammelnde Stimme ihr sagen wollte.
Ich wiederholte die Frage, stotterte meine Worte Silbe für Silbe.
»Für meinen Sohn...«, antwortete die Frau nach langem Schweigen.
Unter dem dunklen Umschlagtuch, das ihren Kopf bedeckte, konnte ich nur die dunkle Öffnung ihres Mundes sehen.

VI

Allmählich konnte ich meine Glieder wieder bewegen. Auch die Erinnerung begann aus dem Dunkel aufzutauchen, in das mein Geist abgesunken war.
Bilder, verschwommene Ereignisse, verzerrte Gestalten, die an einem einzigen Tag auftraten, der aus zahllosen Tagen bestand. Ein einziger unveränderlicher, regloser Tag. Der Tag, der mich vorfand, wie ich Buße tat, weil ich am Leben war, der mich in einen Graben bannte wie in ein vorzeitiges Grab.
Ich war nur ein Unrat mehr in der Müllhalde des Ödlandes.

Der helle Spalt in der Tunneldecke blendete meine Augen durch die aufgeschürften Augenlider hindurch. Er glich dem gläsernen Trichter des Fulgurits, den der Blitz bei seinem Einschlag in sandigem Gelände entstehen läßt.
Mit tödlicher Sehnsucht träumte ich von Wolkenbrüchen, von Lawinen aus Wasser und Schlamm, die meinen Körper in die tote Lagune der Bucht fortspülen würden.
In der morastigen Vertiefung summte das nackte, kraft-

volle, stinkende Leben, aufgebläht in den Blasen seiner eigenen Gärung.
Mit meinen mir verbliebenen Kräften versuchte ich, durch alle Poren diese blinde, elementare Energie aufzusaugen.
Auf meinen schmächtigen, mageren Körper hatte sich ein Schatten gelegt, der mich hinderte zu denken, zu atmen, zu schlafen, einen einzigen Muskel zu bewegen, zu erinnern, wer ich war.
In der völligen Reglosigkeit meines Körpers bewegte sich mein Herz in schmerzhaften Kontraktionen im Gleichklang mit der Erde.

Mich quälte das ständige Gefühl, eine Ratte, eine von den vielen, die im Graben hin und her liefen, knabbere an meinen Binden, als wollte sie mich von diesem Leichentuch befreien. Ihre spitzen, perlmuttfarbenen Eckzähne glitten ganz nah an meinen Augen vorbei und schimmerten in der Dunkelheit.
Sie begann an meiner gespaltenen Lippe zu nagen, an meiner Nasenspitze. Ich fühlte keinen Schmerz. Nur einen entsetzlichen Ekel.
In der Abenddämmerung des nächsten Tages näherte sich eine riesige, magere, graurötliche Katze mit Tigeraugen, beschnupperte meinen Körper und hielt Wache an meiner Seite, reglos und düster. Sie blieb die ganze Nacht da. Im Morgengrauen verschwand sie.

VII

Durch den schimmernden Spalt kamen mir andere Leben, andere Geschichten, andere Erinnerungen in den Sinn.
María Regalada, Tochter und Enkelin der Leichengräber

von Costa Dulce, wie sie die Gräber auf dem Friedhof pflegte. Cristóbal Jara, der Anführer der Aufständischen, wie er sich im frisch ausgehobenen Grab des Friedensrichters Climaco Cabañas versteckte, der am Vorabend von den Guerrilleros bei dem Gefecht in Ñumí getötet worden war. Wieder einmal der Zufall und seine Fallen.
María Regalada lag im Krankenhaus, um das Kind zu gebären, das Sergio Miscovski ihr in den Leib gepflanzt hatte.
Der Sarg des Richters wurde auf den lebendigen Körper von Cristóbal Jara herabgelassen, ohne daß der aus einem Nachbardorf gekommene Leichengräber das doppelte Begräbnis bemerkte.
Auf diese Weise setzte der Befehlshaber der regionalen Parteimilizen unter dem Sarg seines Leichnams den Anführer der Guerrilleros gefangen, den er seit Monaten verfolgte.
Die Trauergesellschaft zerstreute sich unter einem wolkenbruchartigen Regen, der etliche Tage anhalten sollte.
Kurze Zeit später würde, wie jedes Jahr, die Überschwemmung die Niederungen von Manorá bedecken.

VIII

Dem Volksmund zufolge konnte Cristóbal Jara sich lebend aus dieser Grabstätte befreien und wurde später einer der heldenhaften Lastwagenfahrer des Chaco, die Wasser an die Kampffronten brachten und den Krieg gegen den Durst gewinnen halfen.
Ausgehend von diesem Gerücht schrieb ich die imaginäre, romantische Geschichte von Cristóbal und Salu'í, angeregt von der tragischen Erzählung des großen bolivianischen Schriftstellers Augusto Céspedes, der ebenfalls ein Kriegsheld war.

Bei der späteren Versöhnung der beiden Brudervölker kam Céspedes als Botschafter nach Asunción.
Ich lernte ihn bei den zwanglosen Gesprächsrunden der Botschaft kennen. Ein bewundernswerter Mann. Hart wie Eisen. Fanatischer Nationalist in seinem bolivarschen Heimatland, einer Art rassereinem Aimará-Tibet, das mit seinen andinen Hochebenen und Gipfeln noch verschlossener war als Paraguay.
Ich bat ihn um die Erlaubnis, das Thema seiner Erzählung zu verwenden, die zu den schönsten der lateinamerikanischen Literatur gehört.

Er schenkte mir einen tiefen Blick, gestützt auf seine Kriegsversehrtenkrücke.
»Die Geschichten des menschlichen Leids haben keinen Besitzer«, sagte er. »Niemand hat zum ersten Mal etwas darüber geschrieben.«

IX

Ich schrieb *Mission.*
Ich ließ Cristóbal Jara im Kugelhagel sterben, am Steuer des Lastwagens, der Wasser zu dem in einem Hohlweg in Yujra eingekesselten Bataillon brachte.
So war es nicht. Er blieb auf dem Friedhof von Costa Dulce, lebendig begraben unter dem schweren Sarg des Richters Climaco Cabañas, in dem Grab mit der sorgfältig festgestampften Erde.

Salu'í, die zur Kriegskrankenschwester gewandelte Prostituierte, bis über beide Ohren in Cristóbal Jara verliebt, begleitete ihn und starb mit ihm in dem imaginären Aben-

teuer des Tankwagens. Sie verschwanden, verschlungen von der endlosen Einöde des Chaco, zusammen mit weiteren hunderttausend Kombattanten.
So kam es, daß Schriftsteller zweier Brudervölker, die sich in einem absurden, von den Interessen des Erdöls angestifteten und finanzierten Krieg gegenüberstanden, eine Erzählung mit ähnlichem Ausgang schrieben. Die ungewisse Episode konnte sich in beiden Lagern zutragen, ohne daß in einem der beiden die Idee des Vaterlands oder das Heldentum der namenlosen Wasserträger hätten geleugnet werden müssen, die an den Fronten der riesigen Einöde kämpften und starben.

X

Ich besuchte Salustiana Rivero in einem Bordell in Asunción, in der Calle General Díaz, in der Nähe des Militärhospitals. Man nannte sie schon bei ihrem Spitznamen Salu'í, Verkürzung ihres Namens, ihres Gewerbes, ihrer harmonischen Tonfigur. Kleine Gesundheit.
Aber damals hatte sich ihr Leben noch nicht erfüllt. Ihr kleiner, glühender Körper glänzte in seiner Nacktheit wie eine dunkle Blume, wie eine kleine tönerne Statue, modelliert von den Töpfern in Tobatí.
Ich schlief nicht mit ihr. Ich zahlte meinen Obolus an Madame Paulette, die Besitzerin des Bordells, und wartete geduldig, bis ich an der Reihe war.
Es war ein großes Vergnügen für mich, mit Salu'í zu plaudern. Sie besaß die natürliche Weisheit und Würde der einfachen Wesen.
Sie lehrte mich Dinge, die wichtiger waren als die körperliche Liebe in der einsamen Zweisamkeit.

Sie liebte ihr Gewerbe als Liebesspenderin.
»Ich kann mich den Männern hingeben, die mich bezahlen«, sagte sie, »weil ich noch nicht den Mann gefunden habe, den ich mit meiner Liebe bezahlen kann.«
Bei Kriegsausbruch begann Salu'í im Krankenhaus zu arbeiten. Sie ließ sich als Freiwillige anwerben und ging als Sanitätsgefreite an die Front.

XI

Aus dem trüben Dunkel tauchte die große, plumpe Gestalt von Sergio Miscovski auf, dem russischen Arzt. Am Anfang, bevor die Katastrophe seiner Seele über ihn kam, war er der Beschützer der Armen des Ortes.

Sergio Miscovski war eine Zeitlang der Ärmste der Armen. Einsam, anspruchslos, wenig den Worten zugetan. Er besaß kein anderes Vermögen als seine elende Behausung aus Stroh und Lehm, seine tönerne Pfeife, seinen sibirischen Hund, der immer bei ihm war und mit dem er russisch sprach, wenn er seine Kranken besuchen ging.
In ihren freien Augenblicken kam María Regalada, kochte ihm sein karges Mahl und putzte ihm die Behausung. Er legte ihr ab und zu ein wenig Geld auf den Küchentisch.
Nie wechselten sie ein einziges Wort. Der Blick des russischen Arztes verlor sich ständig in fernen Steppen und Erinnerungen.
María Regalada war an das Schweigen ihrer Toten gewöhnt. Es war ihr egal, ob der Doktor da war oder nicht. Sie putzte und pflegte die Behausung, wie sie es mit den Gräbern des Friedhofs tat.

XII

Ein Patient brachte dem Doktor eine sehr alte Figur des heiligen Rochus mit seinem Hund.

Eines Nachmittags, als der Doktor in seiner Hängematte vor sich hin döste, fiel die Figur von dem Tisch, auf den er sie gestellt hatte. Dabei löste sich der Deckel des Sockels. Aus dem hohlen Innern der Figur rollten mehrere Gold- und Silbermünzen heraus, und eine Reihe kunstvoll gefertigter Schmuckstücke verstreute sich im Umkreis.

Eine späte Spur von *yvyguy*-Silber, jener privaten Schätze, die vor mehr als einem Jahrhundert während des Großen Krieges an den unglaublichsten Orten versteckt wurden.

Sergio Miscovski verlangte von den bessergestellten Kranken, daß sie ihm Heiligenfiguren brachten, um die Behandlung zu bezahlen. Eine sehr reiche Kranke aus Asunción, die der Doktor von einer fortgeschrittenen Venenentzündung heilte, brachte ihm einen Altar aus den Jesuitenmissionen.

Alles war vergeblich. Die hölzernen Heiligen schenkten ihm keine Reichtümer mehr, die in ihrem Innern verborgen waren.

XIII

Sergio Miscovski verwandelte sich völlig.

In einem Anfall von Wahnsinn zerstörte er die Figuren, wütend über den Geiz der Heiligen.

Er vergewaltigte María Regalada auf den enthaupteten Bildwerken, wütend über ihre völlige Passivität.

Sergio Miscovski, Arzt am kaiserlichen Hof, exiliert in Paraguay seit dem Sieg der Oktoberrevolution, fand dieses

traurige Ende in einem fast unbekannten Land Südamerikas.
Er floh wie ein Besessener und verschwand für immer.

Der sibirische Hund pendelte weiterhin müde zwischen der Behausung und dem Kaufladen hin und her, mit dem leeren Einkaufskorb zwischen den Zähnen. Einige sahen eine menschliche Gestalt in Form eines leuchtenden Nebelfetzens, die ihm folgte.
»Da geht der Doktor!« murmelten die Dorfbewohnerinnen und bekreuzigten sich.

Der Ladenbesitzer legte die eine oder andere Wurst, einen blanken Suppenknochen in den Korb. Die Kinder, zum Spott, tote Mäuse und Unrat.
Einige Zeit später starb der Hund an Altersschwäche und Traurigkeit, in sich zusammengerollt, vor der Tür der Behausung, von der er sich niemals fortrührte in Erwartung seinen Herrn.

Nach vielen Jahren erfuhr man, daß der russische Arzt Priester in einem Dorf in Kenia war.
Ich hielt eine Kopie der Dokumente der Ordalien in meinen Händen, die im Vatikan nach einem langen Prozeß der Sühne und Buße, dem er sich in einem Kapuzinerkloster unterzogen hatte, gegen ihn ergangen waren.
Es gab keinen Beweis für die enthaupteten Figuren.
María Regalada war tot und auf ihrem geliebten Friedhof in Costa Dulce begraben.
Ihr Sohn, der ebenfalls Sergio Miscovski hieß, war genau wie sein Vater verschwunden.

XIV

Ich sah – oder ich las in der Erinnerung eines Buches – die Leprakranken, wie sie an den Festtagen des Dorfheiligen in Sapucai tanzten, um den im Rathaussaal versteckten Guerrilleros als Schutzschild zu dienen.
Die Militärpatrouillen unterbrachen den Tanz und trieben die bresthaften Beschützer mit Kolbenhieben auseinander, aber die Guerrilleros waren schon geflohen.
Auch das stimmte nicht. Die Guerrilleros wurden von Truppen der Armee gefangengenommen, und die Kranken flohen in die Leprastation.
Das ist das Schlechte am Schreiben von erfundenen Geschichten. Die Worte entfernen sich von einem und werden lügnerisch.
Die Gestalten, die in einem Buch leben und sterben, lösen sich auf, wenn die Buchdeckel auf sie niederfallen, existieren nicht, werden fiktiver als der fiktive Leser.

XV

Dieser Höllenkreis schloß sich wieder und wieder im aufblitzenden Bild des einstürzenden Tunnels, der diejenigen, die ihn vorantrieben, für immer begrub. Der enge, einen halben Kilometer lange Durchstich sollte unterhalb des Caballero-Parks in einer bewaldeten Niederung der Bucht herauskommen.
Der dumpfe unterirdische Donner muß die Fundamente des Gefängnisses erschüttert haben.
Nach dem durch den dichten Staub gedämpften Getöse war die Stille der Höhlung in sich selbst ein Grabeslaut. Perucho Rodi und ich waren die letzten der Reihe. Sein Körper war

zur Hälfte unter einer Masse aus Schlamm und riesigen Stücken Sandstein begraben.
Vergeblich waren alle meine Versuche, ihn aus der tödlichen Falle zu befreien, in der er vom Kopf bis zu den Knien gefangen war.
Ich hatte plötzlich die Öffnung des Abwasserkanals entdeckt, die uns einen unverhofften Fluchtweg bot. Ich schrie mit all meinen Kräften, um ihm Mut zu machen, um ihm zu sagen, daß es einen für uns erreichbaren Ausweg gab.

Perucho Rodi, Studienfreund, Gefährte im politischen Kampf, konnte mich nicht mehr hören.
Ich hörte erst auf, an seinen Füßen zu zerren, als ich bemerkte, daß sie nach dem letzten Krampf des Erstickens erstarrten.

In meinem Kopf blieb der letzte Satz, den Perucho Rodi beim Betreten des Tunnels gesagt hatte, auf dem Weg in die vermeintliche Freiheit.
»Zumindest«, hatte er lachend gesagt, »muß ich mir das Recht bewahren, mich in das schönste Mädchen der Stadt zu verlieben...«
Der junge Mann griechischen Ursprungs, schön wie Apollo, war in die Fänge der bleichen Braut geraten, die seit seiner Geburt in ihn verliebt war.
Der staubige Strahl der Sonne drang von oben herein und wies mir den Weg. Ich zwängte mich durch die Öffnung der Kloake und wandte mich den Steilhängen zu, während ich in meinem Rücken das wütende Geknatter der Maschinenpistolen im Gefängnishof hörte.

XVI

Die Alte, die auf dem Rand des Grabens saß, sagte mit einer gewissen Tücke:
»Von den siebenunddreißig Häftlingen, die versucht haben zu fliehen, hat keiner überlebt. Sie sind der einzige, wenn's hochkommt.« Dabei zeigte sie so etwas wie ein mitleidiges Lächeln.
Ihre kaum hörbar gestammelten Äußerungen entsprachen den Tatsachen nur im Ungefähren der Gerüchte.

Vielleicht täuschte ich mich mehr als die Alte, beherrscht von den Trugbildern des Fiebers. Zu den Zitteranfällen des Sumpffiebers gesellten sich jetzt sicher die der allgemeinen Infektion.
Ich verstand die Sache mit dem *Überleben* nicht. Es wirkte eher wie ein Sarkasmus.
Die Alte übermittelte das Gerede der Stadt.
Was sie nicht wußte, war, daß der Tunneleingang im Karree Valle-í Nr. 4 die polizeiliche Version des Fluchtversuchs und der Erschießung politischer Gefangener begründet und gerechtfertigt hatte.
Das staatliche Fernsehen zeigte in den Nachrichten die Reihe der Leichen im Gefängnishof. Das große Eisenportal merkwürdigerweise weit geöffnet. Die Alte hatte die Bilder im Apparat eines Kaufladens gesehen.
Die amtliche Verlautbarung hütete sich davor, die geringste Anspielung auf die beim Einsturz lebendig Begrabenen zu machen.

XVII

Das stimmte, bis zu einem gewissen Grad.
Die Behörden konnten *noch nicht* wissen, daß es einen Überlebenden des kollektiven Massakers gab.
Mir kam der Gedanke, daß die Geheimpolizei vorläufig anzunehmen schien, daß diejenigen, die nicht beim Herauskommen liquidiert worden waren, im Tunnel unter Tonnen von Steinen und Schlamm begraben lagen. Später, wenn die Aufregung sich gelegt hätte, würde ein mächtiger Bulldozer den engen Stollen aufreißen, damit eine ordentlichere Zählung durchgeführt und die Identität der Begrabenen festgestellt werden könnte.
Diesem Umstand hatte ich es zu verdanken, daß ich noch frei war. Bald würden sie ihren Irrtum bemerken, und dann würde man mich ohne jedes Erbarmen suchen und jagen.

XVIII

Ich war ganz unten angelangt. Der Boden des Grabens, voller Abfälle, Ungeziefer und Unrat, war noch nicht tief genug in der Skala der Erniedrigungen, denen ein Verfolgter ausgesetzt werden kann.
Es würde weitergehen. Der Abstieg war noch nicht beendet.
Es gibt in der Welt nicht so etwas wie ein äußerstes moralisches Leid, das einem den Garaus machen kann.

Es war etwas, das jenseits des Endes von allem lag. Die Grenze des physischen Lebens ist kaum wahrnehmbar. Es gibt einen Augenblick, in dem die dünne Linie zwischen

Würde und Verkommenheit, zwischen Leben und Tod, sich auflöst und verschwindet.
Wir leben kein anderes Leben als das, was uns tötet, pflegte der Lehrer Gaspar Cristaldo zu sagen.

Ich war – wie soll ich sagen? – an einen Punkt jenseits von allem gelangt, aus dem irgendein Sinn, irgendein auch noch so wahnwitziger Grund geschöpft werden konnte, mit dem ein Mensch in meiner Situation rechtfertigen könnte, daß er nicht tot war.
Niemand kann sich an der Asche des Mondes wärmen.

Ich hatte niemanden, dem ich mich anvertrauen konnte, denn im Grunde hatte ich nichts, was ich anvertrauen konnte. Bevor ich in den Untergrund gegangen war, hatte ich mittelmäßige Erzählungen und Romane geschrieben. Was ich jetzt erlebte, war nur eine schlechte Wiederholung des schon Geschriebenen.

XIX

Nach und nach begann ich oben auf den Steilhängen eine Spielzeugstadt zu sehen.
Die rote Masse des Regierungspalastes, seine vier mozarabischen Minarette, das koloniale Rathaus, die beiden Türme der Kathedrale, das große quadratische Gebäude der Militärschule, die silbrigen Pfosten der Richtfunkantennen der Post. Es schien, als seien sie kurz davor, in die Niederung zu stürzen.
Wenn das Ende von allem überschritten war, galt es dann weiterzumachen bis zur letzten Eiterung des Willens?

XX

Die Besitzerin der Hütte gab mir zu verstehen, daß ich meine Gefängnislumpen gegen eine weniger »ausliefernde« Kleidung eintauschen sollte, wie sie in Guaraní sagte, wenn ich meine Flucht fortsetzen wollte. Sie hielt in ihren Händen eine schwarze Jacke und eine schwarze Hose, die ausgiebig gewaschen und gebügelt worden waren. Sie wirkten wie ein religiöses Gewand.

Ich faltete es auseinander. Auf dem dunklen glänzenden Stoff sah ich zwei oder drei Lichthöfe wie von Blutflecken, die man mit Wasser und Seife ausgewaschen hatte.

Erst in diesem Augenblick erkannte ich plötzlich Pedro Alvarengas Verkleidung als Mennoniten-Pfarrer, die er sich in dem Flugzeug angelegt hatte, in dem er inkognito aus Brasilien angereist kam, um das Attentat auf die höchste Person zu verüben.

Ich erkannte seine Mutter, ich erkannte die Hütte, in der die Leichenwache stattgefunden hatte.

»Pedro und Sie waren enge Gefährten«, murmelte die Mutter. »Er hat Sie sehr gern gehabt.«

Sie hielt mir das geistliche Gewand hin. Ich wußte nicht, was ich sagen sollte. Ich betrachtete diese Kleidung, diese Verkleidung, die Pedro nicht verborgen, ihn nicht vor dem grausamen Tod gerettet hatte, den man ihn im Flughafen vor Tausenden von Zeugen sterben ließ.

Töricht strich ich mit meinen Fingern über die aschgrauen Aureolen, über die fast unsichtbaren Nahtstellen der Flikken und Ausbesserungen, als könnte ich durch sie hindurch den Körper und das Blut von Pedro berühren.

»Ziehen Sie diese Sachen an. Vielleicht bringen sie Ihnen mehr Glück als ihm.«

Die Stimme der Alten, aus der jedes Gefühl verschwunden war, war rauh und fest. Der dichte graue Flaum, der ihre Oberlippe bedeckte, ließ sie im Halbdunkel wie eine lippenlose Frau wirken.
Diese Höhlung mitten in ihrem Gesicht gab ihrer Physiognomie etwas Unwirkliches. Etwas Leichenhaftes und Lebendiges zugleich.

XXI

Die Alte trat diskret zur Hütte hinaus. Ich zog mir die Kleidung mit dem Gefühl an, etwas Heiliges zu entweihen.
Pedro und ich hatten die gleiche Figur und Größe.

Als einziges fehlte der runde breitkrempige Filzhut. Ich wies vage auf meinen Kopf.
Die Mutter hielt mir einen Strohhut hin, denselben, den Pedro getragen hatte, als er im Straßenbauamt arbeitete und Sekretär der Arbeitergewerkschaft war, während ich als Angestellter in der Bank of London arbeitete und die Zeitung des Verbandes der Bankangestellten leitete.
Ich setzte mir den Hut auf, und er paßte mir ebenfalls.

XXII

Als ich mich der bewaffneten Gruppe von Pedro anschloß, verübten wir, Pedro, ich und zehn weitere Gefährten, auf diese Bank den ersten Überfall, um Mittel für unsere Sache zu beschaffen. Er war der leichteste. Ein Spaziergang durch den vergitterten Untergrund des Tresors mit weit geöffneten Türen.

Bis zum Überdruß füllten wir Taschen mit Geld. Der spektakuläre *hold-up* hinterließ keinerlei Spur.
Er blieb im Limbus der ungelösten polizeilichen Rätsel.

XXIII

In einer Folge von Ablösungen war ich jetzt als Pedro Alvarenga verkleidet. Diese Verkleidung zeichnete bis zum Schluß zwischen Pedro und mir zwei symmetrische Schicksalslinien, die einander fortführten.
An mir war es jetzt, das Wagnis der Flucht zu akzeptieren, das ich in meinem tiefsten Innern mit all meinen Kräften ablehnte.
Immer hatte ich das Symmetrische gemieden. Nicht nur, weil es die Idee des Vollkommenen ausdrückt, das nicht existiert, sondern auch, weil es eine Wiederholung darstellt.
Pedro war einzigartig. Ich wiederholte ihn. Ich machte sein Opfer nutzlos und besiegelte das meine mit der Verkleidung einer falschen Identität.
Der beißende, der ausgewachsene Tumor füllte noch immer meine Leere. Pedros Mutter brachte mir einen *mandió*-Kuchen, eingewickelt in Packpapier. Sie wies mir mit der Hand die Richtung zum Hauptbahnhof und reichte mir einige zerknitterte, feuchte Geldscheine, vielleicht die einzigen, die sie besaß. Angesichts meiner stummen Ablehnung steckte sie sie mir mit ihren runzligen, energischen Fingern in die Jackentasche.
Ich schaute die Alte an, die aufrecht vor mir stand. Die von grauem Flaum bedeckte Oberlippe zitterte leicht.
Die dunkle Höhlung des Mundes bewegte sich zu einem Befehl.

»Gehen Sie nicht zum Bahnhof. Sie müssen den Weg zur Kathedrale nehmen. Dann biegen Sie ab zur Abzweigung, bis zum Caballero-Park, wo der Zug hält, um Holz zu laden. Zahlen Sie die Fahrt beim Bahnwärter. Auf Wiedersehen, mein Sohn.« Ich küßte die schwielige Hand, das spröde, harte Haar. Ich entfernte mich mit gesenktem Kopf, ohne den Blick zu wenden.

XXIV

Der Wind auf der Straße erfrischte meine Stirn. Ich begegnete Bekannten, die durch nichts erkennen ließen, daß sie mich wiedererkannten.

Mich erfaßte ein undefinierbares Gefühl von Sicherheit und zugleich von völliger Verlassenheit.

Ich war ein Fremder, selbst für mich. Ich hatte nur einen Schein-Körper, bedeckt mit dem Anzug dessen, der in ihm das Leben gelassen hatte.

Pedros Mutter überließ ihn mir nicht leihweise. Sie gab mich einem Schicksal anheim. Sie gebar mich mit dieser Verkleidung, als würde sie dem geopferten Sohn erneut das Leben schenken.

XXV

Die Alte hatte recht: der einzige entfernt mögliche Fluchtweg zur argentinischen Grenze war die hundertjährige Eisenbahn.

Sie bewältigte die Strecke zwischen Asunción und Encarnación in drei Tagen, vollgestopft mit Trödlerinnen, alten gebrechlichen Bauern, die vom Krankenhaus in ihre Dörfer oder, wie ich, der ich aus dem Gefängnis kam, nirgendwohin fuhren.

Die Beamten und Informanten der Geheimen wimmelten und spionierten überall herum. Aber sie würden mich nicht in der Zusammenballung menschlichen Auswurfs suchen, der im Zug reist; der kein Geld hat, um die Fahrt in den schnellen Autobussen oder in den Personenzügen mit Güterbeförderung zu bezahlen.

Überdies war ich ziemlich entstellt. Ich wollte als Teil des makabren Spiels ausprobieren, bis zu welchem Punkt meine neue Identität als unbekannter Überlebender mich vor der polizeilichen Nachforschung schützte. Ich brauchte jetzt nur das zu tun, was Pedro nicht getan hatte. Keine Aufmerksamkeit erregen. Mich mit der größten Natürlichkeit verhalten. Ein gewöhnlicher Bürger sein. Als ein Gleicher tief in die Masse eintauchen.

Im Geist ging ich die Sprache durch, die ich im Ausland verloren hatte. Ich hörte mich geläufig Guaraní sprechen. Sieben Jahre Gefängnis hatten mich die Flüssigkeit meiner Muttersprache mit ihren siebzehn regionalen Dialekten zurückgewinnen lassen. Die kaum vernarbte Hasenscharte vom Schnitt des Steins im Tunnel half mir, Stimme und Aussprache dem typischen Tonfall des Guaraní der Provinz Guairá anzupassen. Durch meine bäuerliche Herkunft gelang mir das mühelos.

Die Zwangsarbeit im Steinbruch von Tacumbú hatte meine Hände und meine Füße verhärtet und ihnen die schwielige, anonyme Beschaffenheit der Füße des *pynandí* gegeben.

Mehr als sein Gesicht, das von dem breitkrempigen *caranda'y* verdeckt wird, sind Hände und Füße die wahre Physiognomie des Ackerbauern.

Ich hatte mich, zumindest nach außen hin, in einen echten

barfüßigen Bauern verwandelt, abgesehen vom seltsamen Element jener Jacke eines Missionars aus dem Chaco, das absolut nicht zu meiner Erscheinung paßte.

XXVI

Ich warf den halbgegessenen Maniok-Kuchen in ein Brachfeld. Ich säuberte meine fettigen Finger an der Jacke. Ich zog sie aus und versteckte sie im Gestrüpp wie jemand, der den Leichnam eines gerade getöteten Mannes hinter sich her schleift und beiseite schafft.

Pedros Körper, zweifach tot.

Ich hörte etwas wie das Wimmern eines kleinen Kindes. Das Wimmern schien aus der Jacke zu kommen. Ich beugte mich hinunter, um sie genau zu untersuchen.

Neben ihr bewegte sich ein kleines Etwas, eingehüllt in altes Zeitungspapier.

Ich hob es hoch und stocherte in den feuchten Blättern. Es war tatsächlich der winzige Körper eines Neugeborenen, das vor Hunger und Kälte dem Tod nahe war. Ich wickelte es in die Jacke ein und floh aus dem Brachfeld, naß von Schweiß und vom Urin des Kindes.

Ich konnte das kleine Findelkind weder ernähren noch mit mir nehmen. Ich tat, was ich in Kitschromanen gelesen oder in rührseligen Filmen gesehen hatte. Ich legte das kleine Bündel in die Drehlade eines Klosters.

Ich erkannte das Kloster und die Schule der Göttlichen Vorsehung, wo die Töchter der besten Gesellschaft von Asunción erzogen werden.

Ich zog mehrere Male am Strick der Glocke, so heftig, daß der Ring sich von dem Strick löste. Ich rannte davon und verschwand hinter einer Ecke.

›Diese schönen Mädchen werden sich um den Findling kümmern. Sie werden ihn zum Maskottchen der Schule machen‹, rechtfertigte ich mich.
Die geistliche Jacke, dachte ich tückisch, wird der Oberin über die väterliche Herkunft des Neugeborenen zu denken geben.

XXVII

Ich vernahm die Stimme der Alten, die mich beim Namen ihres Sohnes nannte.
Ich wandte mich um. Ich sah niemanden.
Nur der Duft der blühenden Lapacho-Bäume füllte die Gasse mit ihrem Grund aus sonnenverbrannter Erde. Ich hörte ihr brüchiges, metallisches Lachen, in dem ein Anflug von Ironie mitschwang. Ich kannte ihr Lachen nicht. Es war jedoch ihres, ohne Zweifel.
Machte sie sich über mich lustig?
Es konnte eine Sinnestäuschung sein. Es war etwas Zusammenhangloses und Absurdes in diesem Lachen.
Das Lachen einer alten Frau wirkt immer verstörend, weil es unbarmherzig und losgelöst ist. Es kommt nicht aus dem Humor, sondern aus dem Schrecken, aus der Verzweiflung, aus der äußersten Angst, die nur eine alte Frau empfinden kann, so stark und gleichmütig ihr Geist auch sein mag.
Ich hörte zum zweiten Mal das senile Lachen in meinem Rücken.
Ich wandte mich um, verwirrt angesichts des unerklärlichen Verhaltens der Alten.
Ein Mädchen mit blonden Locken trieb einen Spielreif auf dem Bürgersteig voran. Es überholte mich und verschwand hinter einer Ecke.

XXVIII

Ich machte genau das Gegenteil von dem, was die Alte mir empfohlen hatte.

Der Wunsch, meine neue usurpierte, farblose, unpersönliche Identität auf die Probe zu stellen, brannte in mir wie ein kaltes Verlangen nach Rache, wie die einzige Macht, über die ein Gespenst unter Lebenden verfügen kann.

Ich ging am Polizeirevier vorbei, das umstellt war von Panzerwagen und nur so wimmelte von uniformierten Polizisten und solchen in Zivil, von stark bewaffneten Patrouillen. Ich blieb eine Weile dort stehen und mischte mich unter die Ordnungsdiener.

Niemand schien besonders auf meine Person zu achten. Man sieht nicht alle Tage einen Toten auf der Straße herumspazieren.

Es war eine zweite erfolgreiche Probe. Sie bestärkte in mir das Gefühl von Sicherheit und Natürlichkeit, das ich nach außen vermitteln wollte.

Ich beobachtete mich im Vorbeigehen in den Schaufensterscheiben und stellte zufrieden fest, wie glaubwürdig meine neue Identität war.

Unter der Kleidung und den Beschädigungen des Gesichts, die meine eigene verbargen, war ich ein toter und wiederauferstandener Pedro Alvarenga.

Es gab Augenblicke, in denen ich gern aus vollem Hals geschrien hätte:

»Schaut mich an... Erkennt mich doch... Ich bin es... Der einzige, der durch den Tunnel geflohen ist... Der einzige und alleinige Überlebende des Massakers im Gefängnis!«

An einem Kiosk auf der Plaza Uruguaya kaufte ich ohne jeden Vorsatz einen Bleistift und ein dickes Schulheft. Leicht absurd. Der mechanische Reflex der alten Obsession.
Der Kioskbesitzer Pablo, der früher meine Bücher verkaufte, beobachtete mich mit leicht gerunzelter Nase. Auch er erkannte mich nicht. Er bot mir ein Buch über Okkultismus an und die pornographische Zeitschrift *Interviú*.
Ich verneinte mit dem Kopf.

ZWEITER TEIL

I

Die alte klappernde Eisenkiste besteigen hieß sich ins Asyl der Geduld begeben.
Dies war weniger eine Zugreise als eine Prozession.
Die winzige Lokomotive mit ihrem Federbusch aus Rauch und Funken, die nach dickem verbranntem Harz rochen, ratterte mit dem schwindelerregenden Tempo von einer Meile pro Stunde auf mickrigen Rädern dahin, die krummen Vogelbeinen glichen.

Erschöpft von den harten Sitzen, vom endlosen Gerüttel, das die Körper erstarren ließ, vertauschten die etwa hundertfünfzig Fahrgäste die Waggons mit den Gleisen und folgten dem Zug unter lauten Rufen, Gesängen und Spottworten in einem übermütigen Pilgerzug von naiver kindlicher Fröhlichkeit.
Der kleine Schutzheilige aus Eisen, Feuer und Rauch wurde von seinen Getreuen in einer Wallfahrt, die drei Tage und drei Nächte dauerte, dreihundertachtzig Kilometer weit vorangetrieben.
Das Fest von Sankt Eisenbahn.
Es gab andere Arten von Wallfahrten, die nicht den Zug benutzten. Die der Zuwanderer, die versuchten, von verschiedenen Punkten des Landes aus zu Fuß zur Hauptstadt zu gelangen, um neue Elendsviertel zu errichten.

II

Die Binnenwanderungen in die Städte auf der Suche nach Arbeit, Essen, Unterkunft wurden an den Stacheldrahtzäunen der Schlachthöfe abgewehrt.
Man registrierte ihre Namen, ihre Fingerabdrücke an schmierigen, blutverkrusteten Tischen. Man erlegte den Erwachsenen den Tribut einer kleinen Verstümmelung auf, das letzte Glied des kleinen Fingers, ein Stückchen vom Ohrläppchen.
Dann wurden Männer, Frauen und Kinder auf Viehwagen geladen und an Orte gebracht, die aussahen wie Konzentrationslager.

Noch immer sieht man zottelige Bettler mit dem schändlichen Stummel des kleinen Fingers oder dem vertrockneten Lappen eines Ohres in sanftem Wahnsinn durch die Dörfer irren.
Diese Prozessionen und Wallfahrten setzen nicht aus. Sie sind Teil des großen nationalen Festes, das bis in alle Ewigkeit gefeiert wird.

III

Jetzt fallen die landlosen Bauern in die Latifundien ein, die groß wie menschenleere Länder sind und in ihrer endlosen Ausdehnung den heiligen Besitz von Grund und Boden verkörpern.

Bevor ich die Hauptstadt verließ, sah ich eine Demonstration von vielen Tausenden von Bauern. Jeder Demonstrant trug nach Art eines Transparents ein langes Bambusrohr

mit einem Schlitz am Ende, an dem viele von ihnen einen tönernen, mit dem Purpurrot des Ruku eingefärbten kleinen Finger befestigt hatten.
Die Menge zog schweigend am Regierungspalast vorbei. Der dichte Wald der Bambusstäbe wurde von den Panzerkampfwagen der Ordnungskräfte auseinandergetrieben.

IV

Es gibt eine weitere, kaum wahrnehmbare Wanderung, die ebenfalls nicht die Eisenbahn benutzt: die der Keime und Samen der gerodeten Wälder.
Samenhülsen ganzer Urwälder versuchen, mit dem nächtlichen Tau, mit der Gunst der Winde zu fliehen. Hinter sich lassen sie die Axt, die Motorsägen, die Lastwagen der Schmuggler.

Vom Zug aus sah man zwischen den Wolken die Keime der wandernden Wälder vorbeiziehen. Wir sahen, wie die Vögel sich auf sie stürzten. Sie erjagten die grünen, zarten Keime als Wegzehrung für die Reise. So wurden die Keimwälder in anderer Weise gerodet und blieben ungeboren im Kropf der Zugvögel.

V

Der Zug war ein Überbleibsel aus alten Zeiten.
Ein kleines Fossil der industriellen Revolution, die von den Engländern vor anderthalb Jahrhunderten zum Höchstpreis ins Land gebracht worden war.
Er rollt noch immer in einer Art elementaren Verblendung. Er stockt an den Steigungen, auf den zerbrochenen Brük-

ken, auf den verbogenen Gleisen und rumpelt mit höllischem Lärm über die rostzerfressenen Dehnungsfugen. Wenn er noch immer fuhr, dann deshalb, weil eine unvordenkliche Kraft in seiner lächerlichen Kleinheit Kurbelstangen, Zylinder, Dampfgespenster in Bewegung setzte.
Er arbeitete sich mit dem asthmatischen Zischen des Heizkessels, den rasselnden Geräuschen der Maschine, dem Mysterium der menschlichen Erfindungskraft voran.
Die robuste Gesundheit der Kolonie.

VI

Jene alte Zeit war indes jünger als wir, die wir in der Prozession alt und älter wurden. Männer, Frauen und Kinder, gleichgemacht, weißhaarig durch den trockenen Staub der Ebene, verbrannt von der Sonne und vom öligen Rauch der Lokomotive, waren ebenfalls eingehüllt von der Erinnerung an die Gegenwart.
Mehr als hundert Jahre lang hatte das Leben des Landes im Stillstand der Zeit verharrt. Es ging im Krebsgang vorwärts, langsamer noch als der uralte Zug.
Die endlose Ebene drehte sich rückwärts, ganz langsam.
Der kleine Zug verkündete die Stunde umgekehrt, zweimal in der Woche, für die Dörfer an der Bahnlinie.
Diese Bahnlinie, die erste des Landes, des fortschrittlichsten und wohlhabendsten Landes Südamerikas im letzten Jahrhundert, war auch die einzige.
Sie war dazu bestimmt, die letzte zu sein.
Sie markierte eine innere Grenze zwischen zwei Klassen von Land. Nicht in seiner Geographie. Eher in seiner zeitlichen Topographie.

Die eiserne Grenze trennte zwei Zeiten, zwei soziale Klassen, zwei Schicksale.
Auf der einen Seite befand sich das Alte, die bäuerliche Bevölkerung, die in ihrer Bescheidenheit und Armut die einstige Würde und Kargheit bewahrte.
Auf der anderen Seite die Aufkäufer, die Großgrundbesitzer, die zivilen und militärischen Beamten in ihren prächtigen Herrenhäusern. In großen gepanzerten Wagen aus Japan oder Deutschland mit undurchsichtigen Fensterscheiben und offiziellen roten Nummernschildern rasten sie durch die Straßen der Stadt, über Autobahnen und Landstraßen, ohne die Verkehrsschilder zu respektieren.

Die Dörfer, dem Dämmerschlaf des Sommers hingegeben, zeigten das Niemandsland an. Die eiserne Grenze war ein unüberwindlicher Wall gegen die Zukunft, der die Herrlichkeiten der Vergangenheit rundum Lügen strafte.
Die zwischen den Feldern verstreuten Ortschaften bewegten sich rückwärts, rückwärts, bis sie verschwanden.
Die Zeit zählte dort nicht. Niemand dachte an morgen. Und noch weniger an gestern.
Die einfachen Menschen haben keine Macht über die Zeit.

Auf der anderen Seite des Stacheldrahtzaunes der Landgüter schauten uns magere Rinder nach; es war, als schwebten sie in der Sonne, die in den Drähten flimmerte.
Hörner, die auf die Erde zielen, Augen, dunkel eingesunken, starre Schwänze, Haufen trockener Kuhfladen, die auf die glasierte Weide herabgetroffen sind.
Sie schabten mit dem Maul die harte Erde.
Wer soll wissen, ob die Seele des Menschen nach oben

steigt, während die Seele des Tieres in der Erde versinkt. Oder ist es umgekehrt?
Diese Tiere mußten es wissen.
Sie wirkten nicht wie lebendige Tiere. Sie waren nur unbeseelte Wesen. Die aschfarbene Haut war das einzige, was sie noch auf den Knochen hatten.
Aufrechte Gerippe auf den vom reglosen Licht ausgeglühten Feldern.
Sie warteten auf den Ruf der Erde, um in sie einzutreten.
Oben warteten die Raubvögel und bewachten das Aas, das sich noch bewegte.

VII

Plötzlich, wie aus dem Boden gestampft, galoppierte in Gegenrichtung zum Zug ein feingliedriges Pferd vorbei, mit zerzauster Mähne, den langen Schweif aufgestellt im Wind, dahineilend in voller Karriere, im Rausch seines eigenen Ungestüms. Ein Pferd mit einer schwarzen Blesse. Nicht der rötliche Goldfuchs mit einem weißen Fleck auf der Stirn, welcher die echte Blesse ist.
Ganz weiß, den Kopf mit schwarzen Flecken vermummt, galoppierte es schwebend inmitten von Staub und Wind. Ein maskiertes Pferd.

Es war, ohne Zaum, ohne Sattel, ohne Reiter, ein freies, ein wildes Pferd.
Es floh vor irgendeinem Verfolger, der so gespenstisch und phantastisch war wie die Blesse selbst.
Es erschien und verschwand in den Unebenheiten des Geländes, mit heftigen Kopfbewegungen, den gebogenen

Hals von Muskeln durchzogen, die ölig waren von Schweiß.
Es rief jemanden mit mächtigem Wiehern, das man trotz des lärmenden Zuges deutlich hören konnte.

VIII

»Na... sowas! Die Blesse von Oberst Albino Jara!« rief ein alter Mann aus. »Sie galoppiert schon wieder!«
»Ihr Gespenst erscheint gewöhnlich, wenn es Unwetter geben wird«, erklärte ein anderer.
Die Blesse bewegte heftig den Kopf und trank die Winde.
»Sie hört nicht auf zu galoppieren. Seit fünfzig Jahren sucht sie ihren Herrn! Von den Bergen von Paraguarí bis Carapeguá sucht sie nach dem Oberst, der tödlich verwundet auf einem Karren liegt«, erklärte der Alte.
»Einige haben Don Albino höchstpersönlich in Galauniform auf seiner Blesse an der Spitze seiner berühmten Kadetten reiten sehen«, sagte eine ungeheuer dicke Frau. Zu ihren Füßen standen ein Korb mit Maisfladen und ein verschlossener Käfig aus dünnen Bambusstangen, bedeckt mit einem roten Tuch. Anscheinend befand sich ein Hündchen oder eine Katze darin.
»Ein toter Mann kämpft nicht«, sagte der Alte. »Und Oberst Albino Jara ist schon seit langem tot.«
»Diese einzigartigen Männer sterben nicht« sagte die Fladenbäckerin im Ton markiger Fernsehverlautbarungen. »Sie leben fort in der Erinnerung der Menschen.«
»Oberst Albino Jara wollte die Revolution nur gewinnen, um über sämtliche Frauen Paraguays verfügen zu können«, ließ sich der Alte spöttisch vernehmen.
»Dazu brauchte er keine Revolution«, erklärte die Frau mit

schwärmerischem Fanatismus. »Die vornehmsten Damen liefen ihm doch damals scharenweise hinterher. Eine von ihnen beging sogar Selbstmord, weil der Oberst sie nicht beachtet hatte. Er war ein Patriot, kein Frauenheld.«
»Oberst Jara ist vor Schreck gestorben, als er von den Regierungstruppen in Carapeguá umzingelt war«, sagte die hohle Stimme des Alten.
»Wer stirbt vor lauter Schreck, wird begraben im eigenen Dreck«, reimte ein baumlanger Junge mit einem roten Tuch um den Hals.
»Man darf nicht lästern, mein Junge!« protestierte die Frau.

IX

Das Pferd trippelte in der Luft, als würde ihm der Boden unter den Hufen davongezogen. Es bewegte den Kopf voll Wut, als wollte es sich von der Maske schwarzer Flecken befreien, die es über den Augen trug.
Aus den Nüstern drang blauer Dampf. Jemand zog es am Zügel und ließ es aufrecht auf den Hinterbeinen tänzeln.
Ein Reiter, unsichtbar im Licht, ritt das prächtige Roß.

Die Mähne war der Blesse so stark gewachsen, daß es schien, als hätte sie an ihren Flanken zwei windgepeitschte Fabelflügel.
Nach einem letzten Bocksprung, mit dem sie vom Boden abheben zu wollen schien, verschwand die weiße, schwarzgetupfte Gestalt hinter dem Grat des Berges.

X

»Ich reise ständig«, sagte die doppelt breite Frau. »Asunción-Encarnación, hin und zurück. Ich steige praktisch nicht aus. Das Pferd galoppiert immer, zur gleichen Stunde, hier, in den Feldern von Paraguarí. Ich hoffe, daß ich eines Tages Oberst Jara höchstpersönlich auf diesem Pferd aus der anderen Welt sitzen sehe.«
Der unsichtbare Bewohner des Käfigs rührte sich mit wütendem Gekreisch und Gepolter.
»Armer Guido, mein Piticau!« erbarmte sich die Frau. »Dir fehlt Luft und du bist hungrig, nicht wahr?«
Sie richtete mit Mühe die Masse ihres gewaltigen Körpers auf und zog aus dem Käfig einen kleinen Affen hervor, der, als er sich in Freiheit sah, tausend Grimassen schnitt und seine Besitzerin mit fast menschlicher Wollust abschmatzte.

Der ausgelassene, zappelige Affe aus der Familie der Kapuzineraffen, ein *mirikiná*, bot allein schon einen erstaunlichen Anblick.
Die Miniatur war mit seidigem, zimtfarbenem Fell bedeckt. Die Haare schienen an den Spitzen im zarten Ton einer Wildrose eingefärbt zu sein. Zwei weiße Flecken um die riesigen, hervorspringenden Augen ließen eine rötliche, flammende, fast magnetische Iris hervortreten. Der Kopf, kleiner noch als der Hals, vibrierte unablässig in einer Bewegung, die schillernde Wellen auszusenden schien.

Die Besitzerin streichelte ihn verträumt. Der Affe rollte den langen Schwanz um ihren Hals und plusterte sich in völliger Reglosigkeit auf, als erwarte er die gewohnte Gabe.

Die Fladenbäckerin riß eine goldene Banane von dem Büschel ab, das sie in einem anderen Korb hatte, schälte sie und hielt sie dem Affen hin. Dieser steckte sie sich mit einer leicht obszönen Gebärde, die eingeübt wirkte, zwischen die Beine und begann die Banane mit seinen winzigen, spitzen Zähnen abzukauen.

»Nicht so unanständig vor den Leuten, mein König«, zankte die Fladenbäckerin ihn aus, während sie ihm eine leichte Kopfnuß versetzte und das Stück Banane aus dem Fenster warf. Der kleine Körper des Affen fiel in sich zusammen und täuschte so perfekt eine Ohnmacht vor, daß er wie tot dalag.
Die Frau streichelte ihn. Der Affe sprang mit einem Satz auf und stieß ein lautes Freudengekreisch aus.
Der Heuchler wurde zum Mittelpunkt des Interesses und zum Clown der Fahrgäste, die sich um das improvisierte Schauspiel scharten.
Der Affe kletterte der Frau auf die Brust und ließ seinen Blick triumphierend über die Versammlung schweifen. Auf der weichen, weiten Hochebene sitzend, machte er sich daran, mit seinen von rosafarbenem und goldgelbem Fell behandschuhten Händen das Scheitelhaar seiner Besitzerin zu glätten und ihr Gesicht zu streicheln.
Die Zuschauer applaudierten. Die Frau plusterte sich auf vor Stolz.

XI

Plötzlich änderte sich die Szene. Das Fell, das den Bauch des *mirikiná* bedeckte, wechselte auf einmal seine Farbe.
Die Pygmäengestalt, die auf diesen Brüsten hockte, nahm eine irrwitzige menschliche Erscheinung an.

Eine Art zwergenhafter Alter mit wollüstigen Augen, im Profil gegen die grünen Fluten des Himmels im Rahmen des Fensters gezeichnet.

Die Besitzerin versuchte sich der immer dreister werdenden Ausschreitungen zu erwehren. Zäh und halsstarrig, ließ der Affe nicht nach in seinem Drängen als Verführer, als Vergewaltiger.
Da geschah das Unerwartete.
Das primitive Gesicht wurde flammend rot in einer Aufwallung unbezähmbarer Leidenschaft. Blitzschnell steckte er die beiden Hände zwischen die Brüste der Frau. Aus dem Genital des Affen ergoß sich ein langer, dicker Strahl Sperma in den Rock der Frau.
»*Aña-rekó!* Schweinischer, unanständiger Affe!« beschimpfte ihn die Frau und versetzte ihm dieses Mal einen kräftigen Nasenstüber.
Die schwarzbraune Haut des Mulattengesichts bezog sich mit einem violetten Rot, als habe man sie in Zinnober getaucht.
Die Fahrgäste kreischten vor Vergnügen.
Die Fladenbäckerin riß sich den *mirikiná* von der Brust und schloß ihn unter Ohrfeigen in den Käfig ein, während sie in sich hinein fluchte. Dieser antwortete ihr aus dem Innern mit dem schrillen, umkippenden Gelächter eines Lustgreises und warf sich mit wildem Gekratze gegen die Käfigwände.
»Still, *Guido*, dreckiger Affe!« zeterte die Frau und schlug mit der Hand kräftig auf den Käfig.
Der Affe begann wie ein Köter zu jaulen. Jedesmal wütender, wenn die Frau ihn bei seinem Namen nannte.

XII

Inmitten des Ausbruchs von lautem Gelächter und Geschrei sah ich etwas, das mir das Blut in den Adern erstarren ließ. Der alte Kollaps der Angst, den ich vergessen zu haben glaubte, dröhnte abermals in meinen Schläfen.
Hinter der zusammengelaufenen Menge, im Halbdunkel des Waggons, erblickte ich die Gestalten dreier korpulenter Männer mit dem unverwechselbaren Aussehen der Totschläger der politischen Polizei. Sie kommentierten amüsiert und erregt die Heldentaten des *mirikiná*.
Ich erkannte einen von ihnen. Lucilo Benítez, alias *Kururú-piré*. Der Folterer der Geheimen mit der traurigsten Berühmtheit. Das Gesicht mit den Pockennarben hatte ihm den Spitznamen *Krötenhaut* eingebracht, der seinem brutalen lurchhaften, saurierhaften, tierhaften Aussehen alle Ehre machte.

Vor sieben Jahren, als ich festgenommen wurde, folterte er mich monatelang nach Lust und Laune, bis ein Infarkt mich als halben Leichnam aus seinen Händen befreite.
Der andere war der nicht weniger berühmte Camilo Almada Sapriza, bekannt einfach unter dem Namen *Sapriza*, Gefährte und Nacheiferer von Kururú-piré.
Bei ihnen befand sich Hellmann alias *Himmler*, Folterer und Mörder von Bauern.
Er ging von Dorf zu Dorf und säte Schrecken und Tod beim geringsten Anzeichen der Rebellion, der Besetzung von Land in den großen Latifundien, der Bildung neuer Bauerngewerkschaften im Untergrund.
Seine Verfügungsmacht über die erforderlichen polizeilichen und militärischen Kräfte war unbegrenzt.

XIII

Hellmann alias Himmler und Sapriza kannte ich nicht. Es war leicht zu erraten. Diese drei unheilvollen Stars der Geheimen (genannt die drei Marien) gingen immer zusammen auf ihre Jagdpartien im Landesinnern, wenn eine »wichtige« Arbeit anstand.
Hellmann, der aus der deutschen Kolonie Hoenau stammte, genau wie der Diktator, hatte seine Ausbildung bei Himmlers Schwarzhemden erhalten. Er trug in der Tat ein schwarzes Hemd, Hosen und Stiefel von der gleichen Farbe, die an die Uniform der SS erinnerten. Von dem glänzenden, breiten Gürtel hingen ihm zwei Pistolentaschen herab, die mit Riemen an den Oberschenkeln festgebunden waren, und in ihnen die großen Pistolen Kaliber 45.

Ich hatte sie an keinem Bahnhof der Strecke in den Zug steigen sehen. Ich würde sie auch nicht aussteigen sehen.

Allgegenwärtig, unsichtbar, massig, konnten sie an mehreren Orten gleichzeitig sein. Sapriza und Kururú-piré eilten überallhin, wo ihre eiserne Hand, ihre erbarmungslose, kalte Brutalität gebraucht wurde. Hellmann, der Söldnermörder, erwartete sie mit dem vorbereiteten Angriffsplan.

Selten ließen sie sich in der Öffentlichkeit blicken. Der Zug war fast ein Fahrzeug aus dem Jenseits, in dem alle in völliger Anonymität reisten.

Die drei Männer waren zusammen. Und doch allein. Die ausgeprägte, gierige, düstere Grausamkeit ihrer Gesichter machte sie gleich, identisch.

Da waren die drei, abgesondert im Halbdunkel des schlingernden Waggons, und lachten aus vollem Halse wie die anderen Fahrgäste. Vereint in der gleichen trüben, morbiden Erregung, die die erotischen Äffereien ausgelöst hatten.

XIV

Die instinktive Angst selbst derjenigen, die nicht wußten, wer diese Gestalten waren, schuf um sie herum eine geisterhafte Leere, die niemand zu betreten gewagt hätte.

Mein erster Gedanke war, daß die drei Popen der Geheimen mir nicht die Ehre erwiesen, mich persönlich gefangennehmen zu wollen. Dies war völlig absurd in der Stufenleiter der polizeilichen Hierarchien und Aufgaben.
Sie gingen nicht auf die Suche nach politischen Verbrechern. Man brachte sie ihnen auf dem Silbertablett für die Hintergrundarbeit im Hexensabbat der Folterkammer.

Ich mußte irgendwie versuchen, mit ihnen ins Gespräch zu kommen. Im Schutz meines Status als Gespenst, den ich bereits mehrere Male erfolgreich auf die Probe gestellt hatte, mußte ich herausbekommen, was sie mit dieser ungewöhnlichen Reise in dem Schneckenzug im Sinn hatten.
Als die Erstarrung von mir wich, erfaßte mich ein Gefühl fast vollkommener Sicherheit und Unantastbarkeit angesichts dieser viehischen Chargen aus der Unterwelt der Geheimen, die ein menschliches Äußeres und sogar eine lächelnde, gutmütige Miene zur Schau trugen. Zumindest Kururú-piré und Sapriza.
Die eiserne Maske Hellmanns alias Himmlers milderte in keinem Augenblick sein verkommenes Gesicht.

Was machten diese Männer in diesem Zug? Was führten sie im Schilde?

Sie verfügten über schnelle Autos, sogar über Hubschrauber. Dieselben, aus denen die noch lebenden Opfer über den Wäldern abgeworfen wurden, wenn sie nicht »verpackt« und auf Ödland oder gar in den Gärten der Herrenhäuser regimefeindlicher Familien wie makabre Geschenke vergraben wurden.

XV

Mehr als einmal begegneten die Blicke von Lucilo Benítez den meinen. Er tat, als erkannte er mich nicht. Oder vielleicht erkannte er mich tatsächlich nicht. Dessen war ich mir nicht völlig sicher.

Lucilo Benítez alias Kururú-piré mußte annehmen, daß ich wie die anderen Ausbrecher verschüttet worden war. Aber er konnte *noch nicht* wissen, daß ich der einzige Überlebende war, den der Zufall vor dem Einsturz gerettet hatte.
Es sei denn, die Techniker der Polizei hätten bereits den tiefen, engen Tunnel freigelegt und die Zählung der Leichen hätte das Fehlen einer Person ergeben.

XVI

Ich mußte alle möglichen Varianten erwägen, mußte den fast allwissenden Standpunkt der Folterer einnehmen.
Welchem Umstand konnte man das spezielle Privileg dieser »Begegnung« zuschreiben, wenn sie nicht auf einen

bloßen, so gut wie unwahrscheinlichen Streich des Zufalls zurückzuführen war?

Ich weigerte mich in jenem Augenblick zu glauben, daß die drei größten Meuchelmörder der Geheimen mich erkannt haben konnten.
In der teuflischen Logik der Repression war es fast unmöglich, daß sie mich nicht erkannt haben sollten.
Es ist bekannt und bewiesen, daß die Folterer weder das Gesicht noch die Namen ihrer Opfer jemals vergessen.

Diese drei Experten der Zerstückelung mehrten ihren Ruhm durch etwas, das sie nicht weniger als Wundertäter auswies: das unfehlbare, fotografische Gedächtnis der Körper, die sie zerstörten, der Namen, die sie aus der Welt der Lebenden tilgten, der Familienschicksale, die sie in den feuchten Kellern der Folterkammer zerbrachen.

XVII

Ich mußte mich mit aller Kraft an die unglaubliche Tatsache klammern, daß mein Folterer mich nicht wiedererkannt hatte. In meinem unsteten Leben in den Gefilden des Zufalls hatte ich, fast immer mit Erfolg, jene gleichsam paranormale Fähigkeit erprobt, mich unsichtbar zu machen oder zumindest nicht von den Leuten bemerkt zu werden, die ich nicht sehen wollte oder von denen ich nicht gesehen werden wollte.
In meinem Fall kam mir die Tatsache zugute, daß ich »technisch« gesehen tot und begraben unter Tonnen von Erde im eingestürzten Tunnel lag.
Ein Folterer kann nicht zugeben, daß er zufällig in Gesell-

schaft eines totgeglaubten Ausbrechers reist. Und noch weniger, daß der Zufall sie in einer diabolischen Konstellation zusammengeführt hat.
Es war klar, daß sie nicht deshalb in den Zug gestiegen waren, weil sie bereits wußten, daß ich mich der langsamen alten Kiste anvertrauen würde.
Ein Folterer weiß nichts von der Wahrscheinlichkeitsrechnung, vom mathematischen Universum der großen Zahlen, von statistischen Feinheiten.
Er glaubt nicht an den Zufall, aber er glaubt fest an Gott oder an die politische Macht, der er mit religiösem Fanatismus dient.
Ich dachte, daß der Zufall nur möglich ist, weil das Vergessen existiert. Der Zufall wiederholt seine Spiele, nur jedesmal in anderer Weise. Seine Varianten vergessen heißt seine Gesetze nicht kennen, wahrscheinlich die strengsten, denen die Bewegungen des Universums unterworfen sind.

Wer kann sich rühmen, er ginge wie von einem Faden geführt durch dieses unerforschliche, von dichtem mathematischem Staub verhangene Labyrinth?

Die Meuchelmörder – besonders einer von ihnen – konnten mich nicht vergessen haben. Was sie desorientierte, waren Zeit und Raum meiner Anwesenheit irgendwo in diesem geisterhaften Labyrinth.
Sie glaubten mich begraben in dem Stollen seit zehn Tagen. Sie stellten sich nicht vor, ich könnte mit ihnen in einem Zug reisen, der so alt war wie das Land und genauso heruntergekommen.
Hätte Lucilo Benítez alias Kururú-piré mich wiedererkannt, dann hätte er einem solchen an Hexerei grenzenden

Trugbild, das seine Macht klein und zunichte machte, keinen Glauben schenken können.

XVIII

Es gab nur eine Alternative zu diesen Möglichkeiten: die *Anwesenheit* der drei größten Häscher der Geheimen war weiter nichts als eine Folge der obsessiven Furcht, die in diesen von einer unheilvollen Aura umgebenen Totschlägern verkörpert war.
Ich lebte eine Obsession, einen weiteren Fieberwahn.
Die Anwesenheit der drei Meuchelmörder war also reine Phantasie. Die Überlegung schien korrekt. Aber diese Alternative konnte ihrerseits Teil der Obsession sein, die mich beherrschte.
Sie waren *da*.

XIX

Die groteske, schlüpfrige Einlage des *mirikiná* hatte die Anwesenheit der Folterer völlig in Vergessenheit geraten lassen. Es wunderte mich jedoch, daß niemand die ungewöhnliche Begegnung überhaupt erwähnte.
»Ihr Affe hat den Oberst besiegt«, lachte der Alte mit seinem verschnupften Glucksen in einem späten Nachklang der vorherigen Unterhaltung. »Nicht wahr, Señora?«
Die Angesprochene antwortete nicht, als hätte sie ihn nicht gehört.
Diese große Frau war bereit, sich demütigen zu lassen, aber nicht bis zur Kasteiung.
Sie zündete würdevoll die große Zigarre wieder an, die sie beim Erscheinen des gespenstischen Pferdes geraucht hatte,

und begann Rauchwolken zum Fenster hinaus zu blasen, als würde sie ihre Erinnerungen in die Luft der ausgeglühten Ebene entlassen.
»Warum haben Sie Ihrem Affen einen christlichen Namen gegeben?« fragte der Alte verfänglich ein weiteres Mal.

»Der Affe ist das Tier, das einem Christenmenschen am ähnlichsten ist«, geruhte sie zu antworten. »Er ist also fast schon ein Christenmensch, in Form eines kleinen behaarten Wesens. Ich habe ihn Guido genannt in Erinnerung an meinen Mann, Guido Antonio Salieri, ein Herr aus einer aristokratischen Familie aus Asunción, mit italienischem Ursprung. Er war Musiker und Schriftsteller aus Spaß. Er hatte eine Schwäche für Affen. Diesen hier brachte er mir aus Brasilien mit, kurz vor seinem Tod. Auch Rassepferde gefielen ihm sehr... und die Frauen. Ich war nur das Dienstmädchen des Hauses, im Alter von Bersabé. Ich war so schön wie sie. Als seine Frau starb, bat Guido mich, mit ihm zusammenzuleben. Der Affe war wie unser Sohn. Deshalb habe ich ihn Guido genannt. Jedesmal, wenn ich ihn bei seinem Namen nenne, erinnere ich mich an Salieri..., meinen treulosen, unvergessenen, geliebten Guido Antonio... Meinen Guiducho...«
Der Alte war eingeschlafen.

XX

Die Zuhörerschaft zerstreute sich. Die Folterer verschwanden. Jemand erklärte, sie hätten sich in der Kabine des Kommissars eingeschlossen und tränken nicht leer werdende Krüge mit eisgekühltem Mate, versetzt mit Heilkräutern gegen Geschlechtskrankheiten. Obligates Thema männlichkeitsseliger Unterhaltungen um das vom kalten Schweiß des Eises bedeckte Mategefäß.

Selbst bei den Foltersitzungen sog Kururú-piré pausenlos an dem dicken silbernen Saugrohr mit dem Mundstück aus Gold, das im blendenden Licht der Scheinwerfer und des Funkenflugs des elektrischen Folterstabs glänzte.

XXI

Die Anstrengung meiner Überlegungen, wie ich die Killer ansprechen könnte, hatte mich in eine tiefe, tranceähnliche Schläfrigkeit versinken lassen.
Ich bewahre keine Erinnerung an diesen dunklen anderen Zustand, nur das Gefühl, mich in einer Folterpause friedlich mit Lucilo Benítez alias Kururú-piré unterhalten zu haben. Dann im Gang des Zuges. Dann bei der Begegnung der beiden Zwillingszüge.
Die Szene der Unterhaltung mit meinem Folterer war deutlich, wirklich, wie schräg von weit unten betrachtet. Die andere Szene des Traums, im Hintergrund, jedoch beständig und schwindelerregend, war die zweier Zwillingszüge, gleich diesem, die mit Höchstgeschwindigkeit aneinander vorbeifuhren.
Am Fenster des einen reiste Lucilo Benítez. In dem anderen reiste ich auf der gleichen Seite. Bei den Begegnungen berührten sich die Waggons und entrissen sich Funken und Stücke der Holzverkleidung.
Für Sekundenbruchteile, die sich endlos zu dehnen schienen, schauten Lucilo Benítez und ich uns an und wechselten Worte, die wir aufgrund des Lärms nicht hören konnten.
Hinter dem Glas verformte sich das dickbäckige, mit Pok-

kennarben gespickte Gesicht und blähte sich auf mit einem idiotischen, aber selbstgefälligen und machtbewußten Lächeln, wie ein Ballon, der kurz vorm Platzen stand. Und so unzählige Male, bis die beiden Züge bei einer der Begegnungen zusammenstießen und sich in einem fürchterlichen Getöse brechenden Eisens und klirrenden Glases ineinanderbohrten. Ich spürte, daß mein Körper in den Körper von Lucilo Benítez eindrang und daß sein Kopf den Platz des meinen einnahm und löchrig wurde wie ein Schweizer Käse. Ich sah, wie er zu einer weißlichen, blutigen Masse zusammenschmolz, die aus dem Fenster strömte. Der Höllenlärm weckte mich. Mit unendlicher Langsamkeit richtete ich mich auf in der Masse aus Erde und Staub, die vom Einsturz herrührten, hustend, dem Ersticken nahe.
Das veränderte Licht zeigte mir, daß ich mehrere Stunden geschlafen hatte. Vielleicht einen ganzen Tag. Einen Tag und eine Nacht. Ich weiß es nicht.

DRITTER TEIL

I

Ich muß noch weiter zurückgehen. Immer zurückgehen. Jede Flucht ist immer eine Flucht in die Vergangenheit. Die letzte Zuflucht des Verfolgten ist die Muttersprache, der Mutterleib, die unvordenkliche Plazenta, in der man geboren wird und stirbt.
Inmitten der siedenden, mondgefleckten Dunkelheit grüßte mich beim Eintreten die kleine Hinterpforte mit ihrem dreifachen, urinverschnupften Geknarre.
»Woher kommst du?« fragte sie, indiskret wie immer.
»Aus der Nähe... Sachen sehen...«
Ich pinkelte ausgiebig auf ihre hölzernen Rippen, um den Schwefel loszuwerden, der mir in den Nieren brannte infolge der unanständigen Dinge, die ich nach dem Angriff der riesigen Schlange auf den kleinen Zug gesehen hatte.

II

Ich hob die Augen und sah den reinen, blauen Himmel. Er umgab auf allen Seiten die Gebirgszüge des Ybytyrusú. Gazewölkchen, goldene und grüne Wolkenberge schwebten über ihnen. Der Dreiviertelmond erschien im Profil zwischen zwei Gipfeln und kleidete sie in eine durchsichtige Aureole.
»Niemand hat jemals die Gipfel des Ybytyrusú erreichen können?« fragte ich meinerseits, um dem Thema auszuweichen.
Die Pforte zögerte mit der Antwort, mißtrauisch geworden durch die seltsame Art, die sie an mir gewahrte.

»Niemand«, sagte sie. »Seine Schluchten und Abgründe sind voller umherirrender Seelen, die ihre zerschmetterten, vereisten Körper suchen.«
»Die Gebirge passen nur aus großer Entfernung in die Augen... Nicht wie du. Dich kann ich mit den Armen umfassen«, sagte ich, während ich sie umarmte, um sie für das Urinbad zu entschädigen.
»Das Gebirge hat seinen Ort in der Seele. Dort ist es am nächsten...«, antwortete sie, noch immer verletzt. »Dort mußt du es sehen.«
»Ich sehe es lieber aus der Ferne. Es verdeckt den Horizont, der hinter ihm liegt.«
»Das Gebirge ist ein Horizont in der Höhe«, sagte schulmeisterlich und verschnupft die Pforte.
»Es läßt den Horizont des Guairá nicht sehen«, erwiderte ich.
»Das Gebirge ist der Horizont von etwas, das ohne Unterlaß zurückweicht...«

III

Die Bilder bewegten sich mit mir bei den schlingernden Bewegungen des Zuges. Staubböen drangen durch die Fenster herein und trübten diese Lebensgeschichten.
Ich schickte mich an, der Pforte den phantastischen Angriff der großen Schlange auf den Zug zu erzählen. Aber ich schwieg lieber. Die endlose Geschichte vermeiden. Die Pforte will immer sämtliche Einzelheiten wissen, so schlüpfrig sie auch sein mögen.
Sehr bald sollte ich mich von Iturbe entfernen (das zu jener Zeit noch nicht Manorá hieß). In mir brannte schon die vorweggenommene Sehnsucht nach der Heimat.

Ich bat die grüne Pforte, sie möge mich zurückhalten, mich nicht fortgehen lassen.
»Ich will nicht fortgehen. Ich will nirgendwohin gehen ... ich will hier bleiben«, jammerte ich wehleidig.
»Was kann das Gebirge tun, wenn du nicht an es glaubst?« knirschten die Zähne der Pforte. »Wer kann dir helfen?«

Ich legte ihr die Hand auf die Schulter. Ich fuhr mit den Fingernägeln über die Kratzer, die die Klauen des Jaguars, den mein Vater getötet hatte, auf der grünen Farbe hinterlassen hatten.
»Was kann ich tun, ohne mich von der Stelle zu rühren?« knarrte die Pforte. »Du wirst in die Stadt gehen und dich dort in einen Gecken verwandeln.«
»Schön, ist ja gut ...«, sagte ich. »Du hast recht.«
Mit der Pforte konnte man nicht lange reden. Sie ging einem gleich auf die Nerven. Sie fragte einem ein Loch in den Bauch und wollte Ratschläge erteilen.
Mit denen von Papa hatte ich schon genug.

IV

Ich stieg rittlings durch das angelehnte Fenster in mein Zimmer ein, wobei ich versuchte, so wenig Lärm wie möglich zu machen.
Der zarte, gespenstische Schein des abnehmenden Mondes erhellte einen Teil des Raums. Er machte seine Winkel weniger dunkel als die Nacht.
Ich stützte mich mit den Ellbogen auf das Fensterbrett. Der leuchtende, längliche Fleck der Milchstraße sah aus wie ein Laubengang aus Myriaden von Sternen, die blau waren wie das Eis der Gipfel in den Hochgebirgen.

Einer, der allmächtig war, schrieb ebenfalls im Licht dieser Glühwürmchen, die eingesperrt im unendlichen Glas des Kosmos flimmerten. Es waren Buchstaben, die ein einziges Wort bildeten. Sie faßten alles Erschaffene zusammen, und Doña Rufina, der Geschichtenerzählerin, zufolge sagten diese Buchstaben G-O-T-T.
Doña Rufina war Analphabetin. Es war schlecht möglich, daß sie das am Himmel geschriebene Wort lesen konnte.
In irgendeiner Nacht, beim Heben des Kopfes, würde ich das Wort L-E-I-B lesen oder das Wort L-I-E-B-E, das einfacher und angenehmer ist für alle. Oder irgendein anderes Wort, das ich nicht würde entziffern können.

Was Doña Rufina erzählen konnte, waren die *Geschichten aus Tausendundeiner Nacht*, in Guaraní. Sie sagte Chezenarda statt Scheherazade. Wie und wann hatte sie wohl arabisch gelernt?
Der Laubengang der Sterne ließ die knisternde Hitze der Nacht so sehr erkalten, daß ich niesen mußte. Ich warf meinen Lieblingskonstellationen eine Kußhand zu.
Die Sternentrauben der Milchstraße wogten leicht im Wind, der aus der Tiefe des Universums wehte.
Ich ging auf Zehenspitzen zum Tisch. Dort stand ein kleiner Strauß Jasmin und Geißblatt in einem Wasserglas. Auf einem Teller aus gebranntem Ton, wie meine Mutter sie anfertigte, glänzten silbern eine Orange und eine Chirimoya.

Die Trigridia-Blüte, die ich gestern von den warmen Sümpfen mitgebracht habe, in denen die Krokodilweibchen ihre Eier ablegen, befand sich ebenfalls auf dem Holzbrett, auf dem ich am Tage meine Schularbeiten mache und

nachts heimlich meine Papiere schreibe. Sie lag dort wie eine dornige, doppelgesichtige Warnung.
Ich wollte sie beiseite schieben. Die Dornen der Krone stachen mich. Ich ließ sie auf den Boden fallen.
Sie schaute mich an wie das Stück eines enthaupteten Leichnams. Ich stieß sie mit den Stuhlbeinen weg, schob sie unter das Bett und machte mich daran, meinen Schreibtisch und meine Glühwürmchenlampe vorzubereiten.

V

Meine Gedanken waren jetzt woanders.
Während ich die Chirimoya aß und die schwarzen Kerne durchs Fenster spuckte, erinnerte ich mich an die Raben, die ihre Kreise über der wild gewordenen Menschenmenge zogen, über dem entgleisten Zug.

Die große Schlange, aufgeschlitzt, wie sie mit dem Schwanz in die Luft schlug. Der weiße Vogel, der senkrecht in die Luft stieg, wie ein gefiederter Pfeil.
Plötzlich sah ich grüne Stämme, die wie versunkene Körper in den dunklen, schlammigen Wassern der Lagune schwammen.
Ich sah den Zwergenzug, zerstört. Der blonde Kopf des Lokführers tauchte aus dem Haufen der Holzscheite auf, die ihn unter sich begraben hatten. Aber er lebte und lachte in der Erwartung, daß man ihn aus der Klemme befreite.
Das war vor vielen Jahren geschehen.
Meine Erinnerungen überlagerten sich. Ein lauter Pfiff zerbrach einen Augenblick die Träumerei der Kindheit.

Es war weiter nichts als ein leichtes Aufbäumen der Zeit. Ich floh in einem Liliputzug in die endlose Nacht. Aber niemand konnte verhindern, daß diese sechs Zoll großen Erinnerungen, gesehen von Gulliver, ihre normale Größe wiedererlangten, wenn sie sich mir zwischen Schall und Rauch näherten.
Ich wollte den Faden der Vergangenheit wieder zusammenknüpfen. Aber die Vergangenheit ist nur eine Fülle gegenwärtiger Augenblicke, die von einer gefräßigen Substanz verschlungen werden.
Beim geringsten Ruf kommen sie herbeigelaufen und rotten sich in einem zusammen. Sie bilden ein Labyrinth miteinander, gesprenkelt vom Moder des Mondes, wollen ihre Legende schaffen, aber das einzige, was sie zustande bringen, ist, die Rückseite dessen zu weben, was nicht geschehen ist.

VI

In jener Nacht vieler Tage und sieben Jahre meines Lebens füllte ich Glühwürmchen in das Glas, das ich als Lampe benutzte, um verstohlen meine Papiere vollzukritzeln. Auf dem Weg über den Erddamm des Dorfes zur Fabrik hatte ich einen Haufen *muäs* in dem aus meinem Hemd geknüpften Beutel gesammelt.
Die Dunkelheit des Zimmers flimmerte in den *muäs*, deren Leben in der milchigen, durchsichtigen Flasche erlosch.
Ich konnte bis zum Morgengrauen schreiben, bevor mein Vater aufstand.
Der schwache Phosphorglanz der Leuchtkäfer dauerte nicht länger als zwei Stunden. Sie starben durch Erstik-

ken, zusammengehäuft auf dem Grund, obwohl ich ihnen meinen Atem durch die Flaschenöffnung einhauchte.
Schon damals fragte ich mich, ob es unvermeidlich und notwendig war, daß das Schreiben aus dem Tod der lebenden Natur entstehen mußte.
Das Licht der toten Glühwürmchen verwandelt in das Gekritzel von jemandem, der zu schreiben begann.
Ich fühlte keine Reue. Ich betrat die Welt ohne Nachrichten, ohne Erinnerungen. Ich tat, was ich tun sah. Ich studierte die Einsamkeit. Ich kopierte.
Ich erfand das Feuer und die Asche.
Die Leuchtkäfer starben rasch. Die blauen Flocken ihrer Leichname taugten nicht mehr zum Schreiben. Höchstens für den Gedanken, wie weit man von seinem Wunsch entfernt ist. Vom Wunsch, der Wunsch ist, solange er sich nicht erfüllt.
Es gibt Wünsche, die das ganze Leben dauern. Wer kann warten, daß diese Wünsche in Erfüllung gehen?

VII

Die Frauen sind schön, zumindest solange sie jung sind. Die Alten sterben bald, Gott sei Dank. Die Gesichter der alten Männer und der alten Frauen verkommen durch Alter und schlechte Gewohnheiten. Es gibt nichts Häßlicheres als das infame Alter. Häßlichste Häßlichkeit.

Das Alter ist die Krank-Zeit: die Krankheit. Die einzige unheilbare Krankheit, die es in der Welt gibt und die die Menschen tötet, bevor sie sterben.
Außer Mama, die immer jünger und schöner wirkte mit

ihrem blonden Haar und ihren Augen vom Blau des verdämmernden Himmels.
Es gibt sublimierte Schönheiten, wie die Mamas, bei denen die Seele sich jeden Tag verjüngt und die Vollkommenheit einer unauslöschlichen Blüte erlangt.
Die Schönheit Mamas gab ihrem Lächeln den Duft dieser Blüte.
Abgesehen von Papa, der ein redlicher Mann voll Zuneigung für uns war, existierten für mich die Männer offen gesagt gar nicht.
Vor allem, wenn sie junge Männer waren und Arm in Arm mit ihren Zukünftigen, ihren Verlobten oder ihren Ehefrauen durch die Straßen gingen, wie um sie vorzuzeigen.
Für mich waren sie nichts als Diebe des Schönsten, das es auf der Welt gibt. Und das Schönste der Welt kann niemandes Eigentum sein. Wie konnte man zulassen, daß von einer jungen, schönen Frau gefordert wurde, sie habe mit Frau Soundso, mit dem Namen von irgendeinem X oder Y zu unterschreiben? Sie gehören niemandem. Deshalb freue ich mich, wenn die schönen Frauen ihre Ehemänner betrügen und sie dazu bringen, sich mit ihrem Besitzerfinger die Hörner zu kratzen. Irgendwann einmal wird es keine Männer mehr geben, dachte ich als Junge, und uns allen wird es sehr viel besser gehen.
Der Mensch als männliches Tier ist furchtbar.
»Alle sind sie Brudermörder und Paschas!« sagte ich.

Meine Mutter, die immer für alles Böse Entschuldigungen findet, sagte, nicht alle Männer seien Brudermörder. Sie sagte, es gebe auch Gerechte Männer.
»Wo sollen die sein?« fragte ich, ohne zu verstehen.

VIII

»Es gibt fünfundzwanzig Gerechte in jeder Rasse, in jedem Volk, in jeder Nation, in jeder Zeit«, sagte meine Mutter mit einem vagen Ausdruck von Güte. »Man sieht sie nicht. Sie unterscheiden sich nicht von den gewöhnlichen Menschen. Außer im Augenblick der Offenbarung, daß sie von Gott auserwählt sind.«

Wir zählten die, die es in Manorá gab: Papa, Macario Francia, Gaspar Mora, Cristóbal Jara. Und weitere zwanzig, mehr oder weniger mittelprächtige. Mehr gab es nicht. Ein Finger der Hand war übrig. Es fehlte ein Gerechter in Manorá.

»Warum nicht María Rosa, die ihr Haar für den kahlen Kopf Unseres Herrn vom Berge gegeben hat? Oder Natividad? Oder Salu'í? Oder Serafina Dávalos, die aus Maciel kommt, aber deren Geist auch in Manorá mit den Zuckerrohrschneidern und den Arbeitern der Fabrik ist? Oder du selbst, Mama?«

»Weil, mein Sohn, die tausendjährige Tradition verlangt, daß die fünfundzwanzig Gerechten alle Männer sind.«

»Außerdem sind diese Gerechten schon tot, außer Papa!« sagte ich, ohne die Theorie über die Gerechten zu verstehen, die nur Männer sein konnten.

»Die Gerechten sterben nicht, mein Sohn. Sie haben ein anderes Leben nach dem Tod.«

Ich dachte an den Limbus des Lehrers Cristaldo. Dort gab es auch Gerechte Frauen. Meine Mutter wußte nichts von diesem Limbus. Ich konnte ihr dieses Geheimnis nicht offenbaren.

Eines Tages, mit der Erlaubnis des Lehrers Cristaldo, würde ich sie vielleicht zu einem Besuch in diesem Limbus

mitnehmen, der sich in der Höhle der Piky-Lagune befand.
Leute, die in den Büchern so oft gestorben waren, daß sie eine Art relative Unsterblichkeit erlangt hatten.

IX

An unserem verfallenen Haus gab es weder Türen noch Fenster. Mein Vater reparierte es nach und nach mit improvisierter Tischler- und Baumeisterkunst. Abends gab es nicht mehr Licht als die Talgkerzen, die meine Mutter fertigte.
Dampf und Elektrizität sollten erst später kommen.

»Wir erleben den Beginn der industriellen Revolution mitten im Urwald… mit einem Jahrhundert Verspätung«, pflegte er zu sagen. »In einem Land, das noch nicht das Höhlenzeitalter hinter sich gelassen hat.«
In Wirklichkeit war der Lärm des Liliputzuges von 1856, eine Replik der ersten Dampflok von Stephenson, das einzige, was mit einer gewissen Regelmäßigkeit den Lauf der Zeit hin zu einer Gegenwart markierte, die noch nicht existierte, die niemals Zukunft sein würde.
Ohne den Lärm des winzigen hundertjährigen Zuges, ohne den großen Lärm der Überschwemmungen hätten die Bewohner von Iturbe ihren Ort nicht ausmachen können.
Der regelmäßige Lärm des Zuges gab ihnen die Uhrzeit und den Wochentag. Das laute Getöse der Wasser zeigte ihnen das Erdbeben der winterlichen Hochwasser und der Überschwemmungen an, die die Niederungen überfluteten und alles auf ihrem Weg zerstörten.
Es war schön, die Fabrik von Wasser umgeben zu sehen.

Ein riesiges Schiff, das in der Bucht der Stürme vor Anker lag. Als die Zuckerrohrernten auf der Pflanzung begannen, gesellte sich der Lärm der Maschinen zu den beiden anderen Geräuschen und löste zu Beginn einen gewissen Schrecken unter den Bewohnern aus.

X

Die Fabrik wuchs langsam mit der Arbeit der Frauen in den Ziegelbrennereien, der Maurer auf den Gerüsten, der Tagelöhner und Vorarbeiter auf den Wegen, bei der Verlegung der Schienenstränge, mit der Fata Morgana des Fortschritts.

Deutsche und italienische Flieger und Mechaniker, auf der Flucht vor dem ersten Weltkrieg, ließen sich für die Arbeit in der »Dschungelfabrik« anwerben.

Margaret Plexnies, das *Gretchen* der Erzählung *Die Nacht der treibenden Feuer*, war Tochter eines dieser Ausländer, die der Niederlage entronnen waren. Gretchen floh mit den Flußmännern. Ihre Geschichte verlor sich auf den Flüssen des Oberen Paraná. Ihre Legende blieb lebendig in der Erinnerung der Menschen von Iturbe. Sie war eine Löwin im Kampf gegen übelgesinnte politische Führer, Kommissare, Aufseher und Vorteilssucher jeder Art.

Ihre lange blonde Mähne wehte, einem kriegerischen Banner gleich, über ihrem von der Sonne dunkelbraun gebrannten Gesicht, immer in der ersten Linie des Kampfes.

Sie mußten sie in einem Hinterhalt töten, um mit den Flußmännern fertigzuwerden.

XI

Die Geschichte der Zuckerplantage der Familie Bonafé kenne ich gut. Wir sind zusammen groß geworden. Wir haben das gleiche Alter.

Der Urwald wurde abgeholzt, die ersten Wege wurden gebahnt, die Abzweigung der Eisenbahnlinie zur Zuckerfabrik wurde verlegt.

Papa mit seinem von den schrecklichen Parasiten zerfressenen Gesicht stieg vom Tagelöhner in einem Bautrupp in die Büros der Verwaltung auf. Manchmal haben Übel auch ihre guten Seiten.

Die Ziegelbrennereien rauchten überall, Tag und Nacht, bei der Fertigung von Ziegelsteinen und feuerfesten Blökken für die Kessel und den Kamin.

Mehr als drei Jahre lang verdingten sich in ihnen fast alle Frauen des Dorfes für einen erbärmlichen Lohn, unter strengen Aufsehern, die das Sklavensystem der Matefelder und Holzfällerlager einführten.

Sie arbeiteten in drei Schichten vierundzwanzig Stunden lang. Viele dieser Frauen kamen mit ihren kleinen Kindern, die sie in einer Tasche auf den Rücken gebunden trugen.

Sie hatten nur eine Stunde Pause am Mittag und eine um Mitternacht, um sie zu stillen und selbst ihren kleinen kalten Eintopf mit Maniok neben dem Loderfeuer der Öfen zu essen.

Es starben viele Kinder und Frauen aus Erschöpfung, durch Austrocknen, durch Mißhandlungen.

Seit ihrer Ankunft war meine Mutter entsetzt angesichts dieses traurigen Schauspiels. Sie gründete Nachbarschafts-

vereinigungen mit dem Ziel, das Los dieser Frauen bei der Sklavenarbeit in den Ziegelbrennereien zu erleichtern.
Später kam die junge Tochter der Familie Bonafé, die Musa Ardo hieß, Mutter zu Hilfe. Zusammen nahmen sie die Frauen der Ziegelbrennereien unter ihre Fittiche. Musa wurde zur Anführerin erst der Frauen, dann der Arbeiter der Fabrik und der Zuckerrohrschneider der Plantagen.
Musa war schön wie der Morgenstern.
Musa Ardo mußte ihr Zuhause verlassen. Aber sie blieb in Iturbe. Ihr erster Lehrer war Gaspar Cristaldo. Dann war sie Schülerin von Serafina Dávalos, die sie in Maciel besuchen ging. Sie brachte sie zur Universität. Mit zwanzig Jahren erhielt sie ihre Approbation als Anwältin. Sie kehrte nach Iturbe zurück und kämpfte weiter für die Arbeiter, Männer, Frauen und Kinder.
Musa Ardo Bonafé war schön wie der Morgenstern. Sie war klug wie Minerva.

XII

Als meine beiden Schwestern heranwuchsen und mich einholten, bestand unser Lieblingsspiel darin, Ziegel herzustellen. Sie wollten die Frauen der Ziegelbrennereien nachahmen. Ich den Aufseher, den Herrn und Gebieter.
Meine Schwestern waren die Tagelöhnerinnen. Bald keimte in mir machtvoll die Autorität des Rohlings, der zu Pferd mit Hilfe einer langen Peitsche die Arbeit der Frauen überwachte.
Meine Schwestern arbeiteten im schwarzen Schlamm des Hofes, füllten die Formen und ließen die kleinen Ziegelsteine in der Sonne trocknen.
Im kühlen Schatten des Weinspaliers sitzend, das Trinkge-

fäß des kalten Mate in der einen Hand und Papas Treibpeitsche in der anderen, überwachte ich mit finsterem Gesicht die Arbeit der Tagelöhnerinnen, die in Schweiß und Tränen gebadet waren.
Wenn die Häuschen fertig waren, trat ich auf sie, um ihre Haltbarkeit zu prüfen. Die Häuser fielen zu einer schlammigen Masse zusammen.
Ich ließ die Peitsche in der Luft knallen und stieß unbeherrschte Drohungen gegen die unnützen Frauen aus.

Man mußte von vorne beginnen. Der Spielzeug-Brennerei schlug bald die letzte Stunde.
Der Teufelskreis wurde durchbrochen, als die Peitsche, in Papas Händen, sich gegen mich richtete und mir bis zum letzten Rest den Dünkel des schrecklichen, grausamen Aufsehers austrieb.

XIII

In der Zwischenzeit hatte der Bau des Kamins schon zu mehreren tödlichen Unfällen geführt. Seine Höhe betrug mehr als vierzig Meter.
Die Männer kannten die Höhe nicht. Der Schwindel ließ sie von den hängenden Gerüsten stürzen. Einige litten unter Erbrechen und Krämpfen. Ich sah, wie sie sich an die Holzpfähle, an die Ketten klammerten, bevor sie sich in die Leere fallen ließen.
Ich wollte über all das schreiben.
Eines Nachts schlief ich ein. Die Kerze fiel aus dem Flaschenhals, der sie hielt. Fast hätte mein Schlaf ein Feuer verursacht. Ich erwachte, als die Flammen bereits zum Strohdach hochleckten.

Die Nachlässigkeit brachte mir mehrere Stunden Knien auf den Steinen des Innenhofs ein, während ich pausenlos bis zum Morgengrauen die Litanei wiederholte: »Ich werde keine Kerzen mehr anzünden, um zu schreiben!«

XIV

Ich kehrte zum Glanz des Vollmondes zurück, wenn er sein rundes, leuchtendes Gesicht zeigte und mich in seinem Schutz schreiben ließ. Bei abnehmendem Mond lieferten die Glühwürmchen mir ihr Öl und ihr Licht.
Ich schrieb in jener Nacht eine Erzählung über den Kampf Jakobs mit dem Engel, der in der Genesis erzählt wird.
Meine Mutter pflegte die Geschichte der beiden Brüder in den Winternächten vorzulesen und zu kommentieren. Damit wir nicht wie sie würden.
Jetzt empfand ich das Bedürfnis, sie auf andere Weise zu schreiben.

XV

Der Kampf Jakobs geschah nicht mit dem Engel, sondern mit seinem Bruder Esau. Ich war Jakob, und Esau war mein Bruder. Ich stellte mir vor, daß wir wie siamesische Zwillinge waren. Wir waren an den Fersen verbunden und haßten uns auf den Tod.
Das ist der Knoten, den die Genesis nicht lösen konnte.
Ich löste ihn im Licht der Glühwürmchen.
Wir kämpften die ganze Nacht mit den Macheten, die zum Schneiden und Schälen des Zuckerrohrs dienen.
Beim Heraufziehen der Morgendämmerung zerteilte ich mit einem sicheren Machetenhieb die Ferse, die uns Kno-

chen an Knochen verband, und befreite mich von dem lästigen, schwarzen Esau.
Er blieb wie tot liegen.

Ich lud ihn mir über die Schulter und trug ihn zum väterlichen Haus. Ich legte ihn in sein Bett. Ich verband ihm die Wunde mit Blättern von Beifuß, Salbei und Banane.
Auf den Verband legte ich die liturgische Stola des Vaters Abraham, die ich aus einem Stück Sackleinen gefertigt hatte. Er schien zu schlafen. Ich wollte gehen. Ich gab ihm einen Kuß auf die Stirn. Er spuckte mir seinen biblischen Haß ins Gesicht.
Ich wischte mir die Spucke mit der Stola ab und ging fort.

XVI

Bei der Mobilisierung des Jahres 32 für den Chaco-Krieg ging Esau mit dem Grad eines Reserveleutnants an die Front, sehr stolz im funkelnagelneuen Olivgrün seiner Kampfuniform.
Er starb in der Schlacht der Boquerón-Festung, gleich zu Beginn des brudermörderischen Zwists, wie mein Vater den Krieg nannte.

Esau war der erste Tote des Krieges. Ich behaupte nicht, daß er ein Held war, denn ihn tötete eine verirrte Kugel im Hauptquartier der Insel Poí.
Er selbst war ein verirrter Leichtfuß.

XVII

Sie begruben ihn mit militärischen Ehren. Sie beförderten ihn postum zum Hauptmann und verliehen ihm das Kreuz des Chaco-Verteidigers. Die Fahne wurde auf Halbmast gesetzt. Zehn Kanonenschüsse wurden abgefeuert. Anwesend waren der oberste Kommandeur und alle Offiziere seines Generalstabs.

Die Totenmesse wurde vom Erzbischof zelebriert, gemeinsam mit dem apostolischen Nuntius und unter Mitwirkung sämtlicher Feldkaplane.

Darunter konnte man es nicht machen, da es sich um eine so bedeutende Person handelte. Eine Gestalt der Bibel, die für die Verteidigung des Vaterlands sterben wollte.

Nach dem *Introito* wurde in lateinischer Sprache die Geschichte Esaus gesungen. Ein Ruhm, den Esau nicht verdiente.

Ich gab der Erzählung den Titel *Kampf bis zum Morgengrauen*, in der Überzeugung, daß ich damit die manipulierte Version der Bibel, aber auch meine eigene durch die Infizierung mit dem falsch Menschlichen und dem falsch Göttlichen zunichte machte und zerstörte.

XVIII

Vater entdeckte die Erzählung. Er bestrafte mich hart, weil ich eine erfundene Geschichte geschrieben hatte. »Was für eine gotteslästerliche Ketzerei, die Heilige Schrift zu verfälschen!« brüllte er, rot vor Zorn. »Das dulde ich nicht!«

Er verbrannte die Kladde und warf meine Glühwürmchenlampe in den Fluß. Das schmerzte mich am meisten.

Er band mich mit einem Strick an die Pforte, damit mich

die Riesenmücken verheerten, die vom Fluß heraufkamen.
Er bestrafe mich mit größter Strenge, sagte er, um zu verhindern, daß rebellische Kinder wie ich sich später in Allmächtige Diktatoren der Republik verwandelten.
»Die Heiligen Bücher«, erklärte er schulmeisterlich, während er mich an der Pforte festband, »wurden von Gott eingegeben und von den Völkern geschrieben, damit die Menschen lesen. Also ist das von den Menschen geschriebene Wort immer ein geraubtes Wort.«
Die Strenge meines Vaters, der ein Gerechter war, war ungerecht.
Warum eine so wütende Bestrafung, weil ich eine erfundene Geschichte geschrieben hatte, selbst wenn sie der Heiligen Schrift entnommen war?
Schon damals fragte ich mich: Und die Bücher, die die Menschen nur mit ihrer Inspiration schreiben, welche Völker werden sie lesen?

Die Angeln der Pforte quietschten.
»Das geschriebene Wort ist immer geraubt, hat dein Vater gesagt. Und das ist eine unumstößliche Wahrheit...«, knarrte lehrerhaft die Pforte, ohne mir den geringsten Obolus an Trost oder Rechtfertigung zukommen zu lassen.
Ich schluckte den blutigen Schleim hinunter.

XIX

Vater hatte wahrscheinlich recht. Jetzt verstehe ich ihn.
Mein erstes Scheitern mit der Literatur erlebte ich bei der ersten Erzählung, die ich schrieb, als die Schrift hunderttausend und ich sieben Jahre zählte.

Eine Erzählung, die den Anspruch erhob, nichts Geringeres als die Genesis zu verbessern, indem ich eine der ersten biblischen Geschichten korrigierte, das heißt zerstörte.

In *Kampf bis zum Morgengrauen* hatte ich mich nicht vom unheilvollen Bruder Esau befreit.

Der Machetenhieb, der unsere Fersen zerschnitt, die Kette aus Blut und Knochen, die uns zu einer ewigen widernatürlichen Einheit zwang, bewirkte nur noch Schlimmeres.
Der geschriebene Machetenhieb fiel auf mich zurück und zerriß meine Seele. An ihrer Statt gab er mir die schwarze Seele Esaus. Esau verkörperte sich in mir. Ich will sagen, ich verkörperte ihn in mir. Esaus Zähne waren sämtlich verfault. Sein Atem glich den Ausdünstungen der Latrinen. Ich begann diesen Pesthauch zu atmen, der die Buchstaben tränkte und infizierte.
Ich hörte auf, Jakob zu sein, um mich, mit noch düstereren Zügen, in den hinterlistigen Esau zu verwandeln. Ich schaute mich im Spiegel an und sah das ruchlose Gesicht Esaus.
Mit dem der Schrift geraubten Wort hatte ich weiter nichts getan, als mich der Seele Esaus zu bemächtigen und meine durch sie zu ersetzen.

»Mein Sohn, schreib nicht über fremdes Unglück…«, klang mir noch der Richterspruch meines Vaters im Ohr.
Welch tiefer eigenes Unglück als das, im Innern den Bruder zu tragen, der uns über jedes menschliche und göttliche Gesetz hinaus haßt?

XX

Mein Vater hatte das Seminar bis zu den niederen Weihen besucht. Er war sehr genau in der Befolgung unserer heiligen Religion und in der Achtung der Heiligen Bücher.
Er bestrafte gerecht mein unsinniges Unterfangen.

Ich wollte Freidenker und Anarchist werden wie mein portugiesischer Großvater.
Don Carlos erzählte mir nur von Männern und Frauen, die frei in einer gleichberechtigten, auf Brüderlichkeit und gegenseitiger Hilfe gründenden Gesellschaft leben, in der jeder sich in seinem Wesen, seinen Träumen, seinen Zielen vom anderen unterscheidet und solidarisch ist mit ihm.

Mein Großvater war ein sanfter, riesiger Mann. Ich sah ihn sich im Dunkeln vorwärtskämpfen wie ein Schiff im Sturm.
Sein schwerer Stock aus Mahagoniholz ging ihm voraus wie der Bugspriet des Schiffes. Wenn er ihn über seinen Kopf hob, war er der Mast der Fahne aller Anarchisten der Welt.
Eine Fahne, die bislang weder Farbe noch Wappen hatte, aber schon das Zeichen der Zukunft war.

Mein Großvater prophezeite, daß die Welt anarchistisch sein würde, wenn sie dazu bestimmt wäre, in Brüderlichkeit, Eintracht und Solidarität zu überleben. Wenn nicht, würden die Kräfte des Egoismus, des Geizes, der Zwietracht, der Gewalt sie zerstören. Die Macht kann sich nicht auf das gründen, was an der menschlichen Rasse das Schlimmste ist, sagte er. Sondern nur auf die Brüderlichkeit aller Menschen.

Bevor er Ende des letzten Jahrhunderts nach Amerika auswanderte, war er Meister der Lissaboner Loge *Der Schurz*.

In Asunción hatte er wenige Jahre nach seiner Ankunft bereits die Loge der Freimaurer-Brüder gegründet.

Er kannte Rafael Barrett. Er war fasziniert von diesem Mann, der in seinem eigenen Feuer brannte, zerstört von der Tuberkulose, verzehrt vom Schmerz über ein edles Volk, das zur Erbärmlichkeit, zur Verkommenheit verurteilt war.

»Das ist der Mann, den Paraguay braucht!« rief er aus, während ein Kollaps ihn langsam inmitten der vielköpfigen Versammlung von Arbeitern und Bauern zusammenbrechen ließ, die Rafael Barretts Anwesenheit herbeigelockt hatte.

XXI

Angeregt von den doppelfersigen Füßen der mythischen Gestalt namens *Pytayovai* kam ich darauf, Erzählungen nach vorn und nach hinten zu schreiben, damit Vater weder mein Geschriebenes entziffern noch die Spuren der Figuren verfolgen, noch ihre Geschichten verstehen konnte.

Das Schlimmste war, daß es mir selbst später Mühe bereitete, die wahre Linie, den Sinn dieser sich überlagernden, einander durchdringenden, miteinander verflochtenen Erzählungen zu finden, die zerstört, mißlungen, verdorben, vernichtet, weil unmöglich waren. Durch die Zerstörung der Wirklichkeit.

XXII

Die wahre Wirklichkeit ist für mich nichts anderes als das Wirkliche dessen, was noch nicht existiert. Was in seinen dunkelsten Seiten entdeckt werden muß. Diese Seiten ändern sich von einem Augenblick zum anderen, aber sie sind seit unvordenklichen Zeiten da und schauen uns an. Ich suchte diese dunklen Seiten.

Wenn das, was ich schreibe, irgendein Gutes hat, dann beschränkt es sich auf die Tatsache, daß es in sich selbst den Keim seiner Verneinung trägt, seiner Zerstörung.

Die Korrekturen füllen am Ende die kleinsten Zwischenräume des Geschriebenen aus und bewirken, daß die Geschichten, die erzählt werden sollten, nur im Tausch mit anderen erzählt wurden, die nicht geschrieben wurden.

Ich schreibe nicht für ein bestimmtes Publikum.

Das Publikum schafft sein eigenes Buch, ohne der Autoren zu bedürfen. Ich schreibe nicht für die Nachwelt. Die Nachwelt ist nicht rentabel. Niemand sucht in der Unendlichkeit des Meeres zwischen soviel Unrat die Flasche mit der vermeintlichen Botschaft im Innern, die dazu bestimmt ist, das Nichts zu überleben.

Ich schreibe nur für mich. Um die flüchtige Erinnerung an die Gegenwart einzufangen, so weit einer auch zurückgehen mag.

XXIII

Der grünliche Schein der Glühwürmchenlampe schimmerte abermals im Dunkel meines Zimmers.
Die Inspiration ist weiter nichts als der Schweiß einer langen Geduld.
Ich schrieb die Geschichte neu, an die ich mich Wort für Wort erinnerte. Nur daß ich sie jetzt meiner eigenen Phantasie raubte.
Weg mit der Bibel und ihren sich überstürzenden Versen.
In der neuen Fassung erhielt Esau die Strafe, getreu meiner Regel, daß die erfundenen Geschichten die Wahrheit erzählen müssen, als würden sie lügen.
Kampf bis zum Morgengrauen wurde nie veröffentlicht, aber in meiner Ferse blieb die Narbe des Machetenhiebs zurück, der mich um den Preis einer lebenslangen Lahmheit von Esaus Haß befreite.

Sehr viel später, auf der Universität, schrieb ich eine Notiz. Das Heft ging verloren, aber ich weiß noch, was ich in dieser Notiz geschrieben habe.
»Raub ist das Beste, was dem geschriebenen Wort passieren kann, denn es ist immer offen dafür, daß alle es nach ihrem Gutdünken benutzen. Kein Autor besitzt es als Eigentum. Dazu ist es da: daß der Erstbeste nach ihm greift. Ohne das geraubte Wort hätte niemand sich verständigen können. Kein Buch hätte geschrieben werden können. Nicht einmal die Heiligen Bücher, die Vater so sehr schätzt und achtet.«

XXIV

Ich höre noch, wie mein Vater mich ermahnt:
»Mein Sohn, schreibe nicht. Schreiben ist das schlimmste Gift für den Geist.«
Fremdes Unglück empfand ich als eigenes, wenn ich es schrieb. Anderes gab es nicht.
Ich fand es schön und schrecklich, fremde Ängste im geschriebenen Wort zu lösen, bis sie sich in das Unglück verwandelten, das man selbst erleidet. Das Leid im selben Moment ausdrücken, da es entsteht.
Der schmerzhafte Geruch der Erinnerung.

XXV

Die Schimpfreden meines Vaters waren endlos. Wenn er zu wettern begann, wußte man nie, wann der strafende Wind drehen und sich legen würde.
Das Kribbeln in den Knien des büßenden Kindes, das auf der mit Kies bedeckten Erde kniete, verwandelte sich, wurde schmerzhafter, stieg die Rückenwirbel empor, bis es in Schwindel und Erbrechen ausgewürgt wurde.

Ich klammerte mich an den Kamin. Ich kletterte an ihm hoch bis zur Spitze, um mich in die dunkle Leere zu werfen.
Mein Vater sagte auch:
»Bewahre, was du hast, damit niemand dir deine Krone raubt.«
Die Worte meines Vaters bewirkten, daß sich mein Herz angstvoll zusammenzog. Er war ein geborener Verlierer. Er hatte alles verloren. Er war bettelarm. Ein Primiziant,

der keine andere Krone besaß als die Tonsur. Bis zum Tag seines Todes trug er diese runde Rasur am Scheitel zur Schau, wie eine weitere Wunde der Parasiten.

»Bleib standhaft, mein Sohn! Bleib standhaft in der Reinheit deines Herzens!«

»Mein Vater, mein Vater, verzeihen Sie mir!« jammerte ich, starr vor Schmerz. »Ich habe mich schwer gegen den Himmel, gegen den Geist und gegen Sie versündigt, aber lassen Sie mich wenigstens im ärmsten Winkel des Hauses wohnen, im Kuhstall, im Verschlag des Abtritts ...«

Mein Vater hatte mich Latein gelehrt, um zu verhindern, daß ich bei meinen »Zusammenkünften« mit den zerlumpten Kindern des Dorfes Guaraní lernte.

Ich forderte weiter nichts als das Recht, mein Glas Glühwürmchen zu besitzen, die nächtlichen Erzählungen zu schreiben, die mein Kampf mit dem Engel waren, und am Tag mit diesen strahlenden Engeln der Freiheit die Abenteuer des Flusses zu erleben.

Freilich habe ich gegenüber meinem Vater niemals die Stimme erhoben noch mit ihm gestritten. In Wirklichkeit war das einzige, was ich aus der Tiefe meiner inneren Wut sagte, ohne die Lippen zu lösen: ›Mein Vater, gehen Sie gefälligst zum Teufel mit Ihren Scheißverboten aus dem Katechismus.‹

Mein Vater schätzte in diesem Augenblick meine stumme Demut.

Er gab mir einen Kuß auf jede Wange und umarmte mich zum Zeichen der Versöhnung. Hatte sich seine Aufregung gelegt, begab er sich gelassener in den Schlaf.

Herumhinkend, in der Mitte geteilt wie der Jakob in *Kampf bis zum Morgengrauen*, fand ich nicht meinen Platz unter diesen geliebten Wesen, die sich an den Höhenunterschied gewöhnt hatten, dem wir im Gefüge einer Gesellschaft aus Herren und Sklaven ausgesetzt waren.
Mein Vater, hart und fest, war immun gegen die Schläge und Ungerechtigkeiten der sozialen Unterschiede. Für ihn waren die Herren oben und die Sklaven unten. Für mich waren die wahren Herren diese freien, schmutzigen und hungrigen, Erde essenden Kinder, deren Gesellschaft mir durch die zweifache Schranke der Sprache und der Klassenvorurteile verboten war, die ich jedoch liebte und bewunderte.

XXVI

Später verstand ich, daß mein Vater wegen seiner eigenen Sünde wütend auf mich war. Auch er schrieb ohne Unterlaß.
Er schrieb Briefe, die des besten klassischen Epistolariums der Kirche würdig gewesen wären.
Einen bewahre ich besonders andächtig auf: den Brief, den er mir schrieb, als ich mein Studium in Asunción begann, im Haus meines Onkels, des Bischofs.
Er erzählte mir darin von seinem Bruder, den er als wahren Heiligen betrachtete, was er auch wirklich war. Dieser arme Prälat, Freund und Helfer der Armen, lebte abgeschieden in seinem alten Haus, bewußt vergessen von der jungen Geistlichkeit. Man erwähnte ihn gerade nur noch als unbequemes und anachronistisches Beispiel des alten Christentums »mit Katakombengeruch«.
»Dieser Geist ist gestorben!« klagte mein Vater.

In den Jahren meines Lebens, in denen ich mich dem Studium der lateinischen Klassiker widmete, habe ich eine ähnliche Hagiographie, wie mein Vater sie in seinem langen Brief über den alten Prälaten verfaßt hatte, einen wahren Gerechten unter den Gerechten der Erde, nicht noch einmal gelesen.
Der fleischliche, lebensnahe Stil des heiligen Augustinus, der trockene, lapidare Stil des heiligen Thomas verbanden sich und leuchteten in seinen Schriften, weniger offen, mehr in sich selbst verbissen.
Vaters Stil glich zwar dem des heiligen Augustinus, aber gemäßigt durch das nüchterne Latein seines Bekehrers, des heiligen Ambrosius.

XXVII

In jenem Brief zeichnete mein Vater auch das bewegende Porträt seiner Schwester Raymunda, meiner Tante, meiner zweiten Mutter, materielle und geistige Stütze des Bischofs.
Diese herzensgute Frau ließ in mir das Gefühl des Heiligen entstehen, die Berufung für den Dienst an den anderen, die ich, anders als sie es mich gelehrt hatte, nicht bis zur letzten Konsequenz zu erfüllen wußte.
Jener Brief meines Vaters stand am Ursprung einer meiner ersten Erzählungen, *Der alte Herr Bischof.* Was mich zum Plagiator meines Vaters machte.
Mein einziges Verdienst bestand darin, diesen Brief fast wörtlich zu kopieren; darin, sein Wort zu rauben, um diesen zwei Menschen ehrfürchtigen Angedenkens meine Huldigung zu erweisen.
Der Bischof der Armen nährte die Herde der Bettler, die auf

der Suche nach Brot und Trost zu seinem Haus kamen. In der Erzählung ersetzte ich diese Bettler durch die Neffen, die doppelzüngig bettelten und stolz waren. Diese Plage von Parasiten suchte das Haus des alten Herrn Bischofs heim.

Ich zähle mich unter jene falschen Bettler.

XXVIII

Das Geratter der Zugräder dringt für Momente in mein Bewußtsein. Es erinnert mich daran, daß ich ein Verfolgter, ein Flüchtling, ein umherirrendes Gespenst bin.

Es ist gewiß nicht diese hoffnungslose Flucht, die mein Onkel der Bischof und meine zweite Mutter Raymunda mir als letzte Etappe meines Lebens gewünscht hätten.

Sie begleiten mich im Zug. Ich sehe ihre Gesichter in dem Spiegel aus Staub, der den Waggon füllt. Für sie schreibe ich diese Zueignung.

Die Worte der Seele gehen nicht verloren, sagte meine Tante Raymunda, und ihr dunkles Gesicht erhellte sich mit dem Glanz des Jenseits.

»Ihr könnt sicher sein, geliebte Wesen, verehrte Schatten: in der Gewißheit, daß der nahe Tod mich nicht Lügen strafen wird, sage ich euch hier und jetzt, daß diese letzte Verirrung meines Lebens nur die Vollbringung eines freiwilligen Opfers ist, das ich mir als letzte Form der Sühne, die mir bestimmt war, auferlegt habe. Verzeiht und lebt wohl...«

VIERTER TEIL

I

Als ich aus meiner Benommenheit auftauchte, befand ich mich allein im Waggon, nur in Gesellschaft der dicken Fladenbäckerin.

Es kostete mich Mühe, mich von jenen Träumen zu lösen, die einmal Wirklichkeit gewesen waren. Die Frau machte eine ironische Bemerkung über meine Fähigkeit zu schlafen.

»Wer viel schläft, träumt häßliche Dinge...«

Ich erinnerte mich in diesem Augenblick daran, daß ich während der Farce des Affen ein Zeichen geheimen Einverständnisses zwischen der Frau und den Folterern bemerkt hatte.

Mir wurde mit einiger Verspätung klar, daß die dicke Fladenbäckerin eine Denunziantin war. Sie machte ihre Arbeit im Zug. Sie selbst hatte gesagt, daß sie ständig zwischen Asunción und Encarnación hin und her fahre. »Ich steige praktisch nicht aus«, hatte ich sie sagen hören.

Die Fladenkörbe, der Köder des lüsternen Affen waren nichts als Jahrmarktsfiguren, die dazu dienten, Kontakt zu den Fahrgästen herzustellen und deren schwachen Verstand zu vernebeln. Plötzlich sah ich mit aller Klarheit, daß die Frau Verdacht gegen mich hegte und mich diskret aufs Korn genommen hatte.

Der Scharfsinn dieser Denunziantinnen geht über das, was ihr ungeschliffenes Wesen erwarten läßt, gewöhnlich weit hinaus.

In einem unbemerkten Augenblick, während sie Rauch aus dem Fenster blies, stellte ich fest, daß in ihren Körben kein

Fladen, kein zum Verkauf bestimmter Kram lag. Ihre Ware war subtiler und gefährlicher. Ihr Gewerbe leichter als der Kampf mit den Konkurrentinnen auf den Bahnsteigen und besser bezahlt.
»Suchen Sie etwas, Don?« fragte sie plötzlich, sich umwendend, als sie mich aus dem Augenwinkel dabei ertappte, wie ich ihr Reisegepäck ausforschte. »Dieses Leben hat seine Launen. Es hat sein Auf und Ab. Alles kann passieren«, fügte sie ironisch hinzu.

II

Meine beharrliche Stummheit wurde unhaltbar durch die Übelkeit, die die Verachtung in mir aufsteigen ließ und die ich kaum verbergen konnte.
Durch irgendeinen kleinen Riß meiner Gespensterverkleidung begann der Instinkt der Denunziantin zu erahnen, was sich hinter der wahren Natur des *pynandí* verbergen könnte, der ihr gegenüber reiste, eingeschlossen in ein finsteres Schweigen, das unvorstellbar war bei einem echten *pynandí*, der gewöhnlich leutselig und schwatzhaft ist.
Mein rasches Spionieren kam ihr nicht etwa wie eine Beleidigung vor, sondern es freute sie. Es bestätigte ihren Verdacht.

Jetzt nahm der Kampf zwischen ihr und mir seinen Anfang.
Bestimmt würde sie bald angreifen, loshacken, mir Sand in die Augen streuen. In Wirklichkeit hatte sie schon begonnen, ihre Fallstricke mit doppeldeutigen, irreführenden Sätzen und Gesten auszulegen.
Meine Verteidigung blieb meiner bloßen, vorsichtigen,

vorgetäuschten Passivität überlassen, die der abgefeimten Gerissenheit der üppigen Frau weit unterlegen war.
Mir wurde klar, daß sie in jedem Augenblick angesichts des geringsten Zeichens, daß ihr Verdacht begründet war, mit den unglaublichsten Mitteln die Polizeikiller alarmieren konnte, die sich gewiß noch immer im Zug befanden.
Ich mußte mich besser verbergen. Ich mußte mich unsichtbar machen.

III

»Sehen Sie nur, wie unbekümmert die sind«, sagte die Frau, während sie draußen den Auflauf der Leute betrachtete, die mit lauten Rufen fröhlich auf den Gleisen liefen und taten, als würden sie den Zug anschieben.
Die Gesichter und Kleider geschwärzt vom Kohlenstaub in einem improvisierten Karnevalstreiben. Die Rituale und die Masken treten an jedem Ort, in jedem Augenblick zutage.
Ich tat weiterhin, als schliefe ich, und dachte darüber nach, wie ich meine mitteilsame Reisegefährtin in Schach halten und in die Irre führen könnte.

Dem Affen gelang es, sich aus seinem Käfig zu befreien, und er wäre um ein Haar aus dem Fenster gesprungen, um sich den Teilnehmern der Prozession anzuschließen.
»Kommen Sie her, Guido, mein Piticau, *che corazö*! Wohin wollen Sie, mein König, mit dieser Rotte von *tavyrai*? Bleiben Sie bei Ihrer Mama ...« Sie reichte ihm etwas Zuckerwerk und legte ihm eine Leine an das Halsband.
Der *mirikiná* versank geziert in dem weiten Schoß.

Die dicklichen, unglaublich kleinen Hände rieben dem Affen die Ohren und den Schwanz, während er das Zuckerwerk mit gebleckten violettem Zahnfleisch aß, die kleinen Augen in alle Richtungen wandern ließ und die Erdnußkerne wie Projektile ausspuckte.

IV

Draußen schlug eine Flamme hoch.
Ein Bastunterrock brannte auf dem Körper einer jungen Frau. Das Mädchen versuchte sich von den brennenden Lumpen zu befreien. Es riß sie sich heftig vom Leibe, bis es nackt mitten auf dem Feld stand, nur ein wenig vor sich hin klagend.
Gesicht und Körper dampften, von Brandblasen übersät. Die Sonne brannte auf dem nackten Leib, der sich zusammenkrümmte, die Arme auf den Oberschenkeln verschränkt.
Die männlichen Augen waren mit schlüpfriger Neugier auf sie gerichtet.
»Bersabé... bedeck ja deine Scham, meine Liebe«, rief die Frau ihr zu, während sie ihr eine Decke überwarf wie jemand, der eine Flamme löscht.
Vom Fenster her beschimpfte die Fladenbäckerin sie in Guaraní.
Das Mädchen lief, um den Zug zu erreichen. Es stieg ein und hockte sich neben seinen Korb, der gewiß ebenfalls keine Waren enthielt.
Es schlief ein. Es wehklagte im Schlaf. Ich trat näher, um es zu beobachten. Schlafende Gesichter sind undurchdringlich.

Die dicke Frau zeterte, als stieße ihr plötzlich die Säure einer moralischen Kolik auf.
»Sie haben keinen Anstand mehr, die Mädchen von heute!«
»Die Funken von der Lokomotive haben ihre Kleidung in Brand gesetzt«, verteidigte sie der Alte. »Sie hatte keine Schuld.«
Die Frau fuhr fort, ohne auf ihn zu hören:
»Zu unserer Zeit war der Anstand ein Pfand, das man unter die Kleidung genäht trug. Und ich, mein Herr, würde Ihnen sagen, wir trugen es auf die Haut genäht. Es gibt keinen besseren Flicken als den Stoff vom gleichen Tuch.«
»Ist sie Ihre Tochter?« fragte der Alte.
»Fast. Bersabé ist Vollwaise.«
Das Gesicht des Mädchens war schwärig von den Verbrennungen. Entzündete Sterne eiterten in ihrem Gesicht.

»Ich ziehe sie auf. Sie ist taub. Sie spricht nicht«, sagte die Frau, während sie Rauch aus ihrer plattgedrückten Zigarre ausstieß. »Aber die Tauben und Stummen, was bringen sie die Leute nicht zum Reden.«
»Woher kommt sie?« fragte der Alte.
»Sie kamen aus dem Dorf Tava'í«, erzählte die Frau. »Die Guerrillas des 14. Mai waren dort am Werk, vor zwei Jahren. Sie brannten das Dorf nieder. Sie brachten die Männer um, vergewaltigten die Frauen. Ein Glück, daß die Truppen von General Colmán den Guerrilleros den Garaus machten. Es blieb auch nicht einer übrig. Aber der Schaden war angerichtet. Bersabé verlor das Gehör. Sie verlor die Familie. Sie verlor alles. Sie blieb allein zurück. Sie hat nur noch mich. Das haben wir von den Taten dieser Subversiven, die das Vaterland retten wollen, *ndayé*.«

Ihre kleinen braunen Augen sahen mich forschend an. Sie erwartete zweifellos meinen Widerspruch.

V

Das von Blasen entzündete Gesicht gab dem schlafenden Mädchen ein geisterhaftes Aussehen.
Hinter seinem Schlaf wirkte das Mädchen wach. Ich wußte, daß es mich anschaute. Seine scheinbare Gleichgültigkeit verbarg Verachtung, Haß, Angst. Keine panische Angst, sondern die Lähmung seiner innersten Gefühle. Nur das Zittern seines unter der Decke zusammengekauerten Körpers verriet das Ausmaß seines Unglücks, seiner unbewußten Verdammung.

Über diesem Mädchen, das, wenn die Frau nicht log, von den Soldaten neben den Leichen ihrer Eltern vergewaltigt worden war, hatte sich das Leben geschlossen wie seine Stummheit.
Bersabé war tot als Frau. Sie hatte keine andere Hoffnung als ihren Haß. Die Denunziantin benutzte sie als Dienstmagd. Später würde sie sie als Prostituierte arbeiten lassen. Sie würde sie zu einem Spottpreis ihren lüsternen Kunden verkaufen oder sie irgendeinem kleinen Beamten im Tausch für kleine Gefälligkeiten schenken.

VI

»Und Sie, woher kommen Sie, Don?« fragte mich die Frau, den Blick auf die Landschaft gerichtet.
Ich vernahm ihre weit entfernten Worte im Halbschlaf meines Dämmerzustands.

»Woher kommen Sie«, wiederholte sie, als würde sie mir Maß nehmen.
»Aus Encarnación.«
»Ich bin auch aus Encarnación. Ich sehe Sie dort nie.«
»Ich bin schon lange nicht mehr da gewesen.«
Ich schloß abermals die Augen und nahm Zuflucht zur Tarnung des Schlafs.
»Ich fahre hin, um meiner Tochter zu helfen, die Nachwuchs bekommt. Ich bin auch Hebamme. Es gibt nichts, was ich nicht kann. Man muß für alles vorbereitet sein.«
Sie steckte die Zigarre in den Mundwinkel und stieß Rauch aus. Jetzt wurden ihr die Worte im Mund warm, weil sie sie alle auf einmal loswerden wollte.
Ich schickte mich an, den Platz zu wechseln. Sie hielt mich mit einer Geste zurück.
»Ich hörte Sie vor einer Weile mit lauter Stimme träumen. Ich hörte Sie Dinge sagen«, murmelte sie, das Terrain sondierend. »Sie kommen auch von weit her, wenn ich mich nicht irre.«
»Ja«, räumte ich ohne die geringste Überzeugung ein.
»Man hat Sie sehr mißhandelt, wie es scheint.«
»Ich bin gestürzt. Gestern hat man mich aus dem Krankenhaus entlassen.«
»Wie lange waren Sie nicht mehr im Land?«
»Seit 47.«
»Ah..., seit der Revolution der *pynandí*. Ein ganzes Leben in der Verbannung«, schnatterte die Frau. »Die Zeit ist kurz und das Unglück ist lang. Eh man sich's versieht, liegt die Erde auf einem, und die Sache ist zu Ende. Das Schlimmste ist, wenn fremde Erde auf einen fällt.«

VII

Mit der größten Gleichgültigkeit, die ich zur Schau tragen konnte, fragte ich sie meinerseits:
»Diese Herren, die im Zug waren, sind sie schon ausgestiegen?«
»Was für Herren?« tat sie überrascht, während sie mit gerunzelten Brauen den Sinn meiner Frage ergründete.
»Die Herren, die aus Asunción kamen. Es waren drei. Sie waren hier, als der Affe seinen Schabernack trieb.«
»Ich weiß nicht, wovon Sie reden, Don«, sagte sie, mit gelassener Unschuld die Unwissende spielend.
Ich lehnte mich gegen die harte Rückenlehne und bog die Hutkrempe über die Augen, bereit, mich nicht von ihrem feuchten Geschnatter vernebeln zu lassen.
»Und wohin fahren Sie, wenn man wissen darf?«
Angesichts meines Schweigens beharrte sie:
»Wohin fahren Sie?«
»Nach Encarnación.«
»Und was wollen Sie dort machen? Ich meine, wenn man wissen darf... Ich will nicht neugierig sein oder Ihnen zu nahe treten.«
»Arbeit suchen«, sagte ich zögernd.
»Die Sehnsucht treibt, nicht wahr?«
Die Frau spuckte hinaus. Der Sprühregen kam erneut zum Fenster herein.
Ich fuhr mir mit der Hand über das Gesicht, um den Tau abzuwischen, der nach Tabak stank.

Sie sagte nichts mehr. Sie faltete die Hände und begann ein unhörbares Gebet zu murmeln, das sämtliche Blöcke ihres weißen Fleisches zittern ließ. Sie wollte etwas hinzufügen.

Aber sie schwieg. Sie wußte etwas, aber sie wollte nicht damit herausrücken.
Ich schaute sie durchdringend an, so als könnte von dieser ungeschlachten menschlichen Masse eine Offenbarung kommen.
Die Offenbarung kam, aber einige Zeit später.
Ich glaubte, sie sei eingeschlafen. Sie studierte mich mit geschlossenen Augen.

FÜNFTER TEIL

I

Der Zug erklomm die Berghänge von Paraguarí.
Ich stieg aus, um mir die Beine zu vertreten. Vor allem, um den drängenden Fragen der Denunziantin zu entgehen. Ich lief dicht neben der Lok, wobei ich über die wurmstichigen, nachhallenden, schläfrigen Schwellen sprang.
Ich überholte die Lokomotive.
Ich sah das Wappen, das in die Nase der Lok eingelassen war.
Das ursprüngliche Wappen auf dem goldenen Oval. Der stehende Löwe richtete sich an einer Lanze auf. Die phrygische Mütze und der Stern krönten den Palmen- und den Olivenzweig.
Das Wappen der Nation war dieses schwärzliche, flache Ei, das an den Rändern schimmerte. Halb zerfressen von den warmen wilden Dämpfen, vom Ruß und von den Winden seiner hundert Jahre, zeigte es, ziemlich getrübt, den Stolz der alten Zeiten.
Nur an den Rändern glänzte das brünierte Gold in der Sonne. Lächerliche Spur vergangener Größe.
Das Ei des Vaterlands, gelegt von einer großen schwarzen Henne, dort war es, plattgedrückt gegen die Nase der legendären Lokomotive.
Ein Reitervaterland, wo die Eier riesig waren wie die Pferde aus Bronze.
Das goldene Wappen des Patriarchen Don Carlos bewachte die Lokomotive aus dem Jahr 1857.
Niemand hatte gewagt, es abzumontieren, es von dort zu rauben. Nicht einmal der Caudillo José Gil, der seinen

Mund mit Goldzähnen gepflastert hatte, die aus dem Gold gegossen waren, das er der Bank der Republik geraubt hatte.
Das goldene Aufleuchten dieses Mundes putschte die hungrigen Massen auf. Es trieb sie zu den wilden Schlachten für die Freiheit.

Es bedurfte keiner Reden noch Verlautbarungen. Es genügten die unartikulierten Schreie, das Geknatter der Maschinengewehre, der Donner der Kanone. Der Blitz. Der goldene Blitzstrahl im Mund der Caudillos.
An diesem Wappen gab es Material für wenigstens weitere zwanzig Visagen mit ihren Fangzähnen.
In der schwarz gewordenen Inschrift war zu lesen:

Lokomotive Paraguay – 1857
Präsident Don Carlos Antonio López

Eine Fabel der vaterländischen Geschichte. Das war jetzt nicht besonders wichtig.
Die Lokomotive fuhr mit uns als Verleugnung von allem, was möglich war.

II

Als sie regelmäßig zu fahren begann, fiel plötzlich eine Art kollektiver Wahnsinn wie eine Seuche in die Kolonie der englischen Ingenieure und Techniker ein, die sich um die Hochöfen von Ybycuí ausbreitete.
Die kleine Stadt wuchs mit dem Aussehen eines englischen Dorfes, in dem der Tudor-Stil sich mit dem hispanisch-indianischen Barock vermischte.
Die Ehepaare lebten in scheinbarer Harmonie zusammen, mit ihren Familienfesten beschäftigt; treu ihren Sitten, ihrer

anglikanischen Religion, ihrer englischen Teezeremonie. Die Londoner *Times* gelangte mit zweimonatiger Verspätung zu ihnen. Alles ging nach Wunsch.
Eines schönen Tages erstach der Chefingenieur seine Frau.

Die Morde setzten sich in regelmäßigen Zeitabständen fort. Nicht nur an den Ehefrauen. Selbstmorde und unerklärliche Todesfälle kamen hinzu.
Die Epidemie breitete sich rasch aus.
Das Ganze glich einer kollektiven Opferzeremonie. Es hatte damit begonnen, daß jemand halluzinogene Pilze oder etwas in der Art gegessen hatte. Der tödliche Appetit breitete sich aus.

III

Intelligente und feine Leute schienen plötzlich von der Seuche eines unbekannten Wahnsinns befallen zu sein. Tadellose Gentlemen opferten die Ihren mit Messer, Gift oder Strick.
Die Gewalt herrschte in einer reglosen Entfesselung, die unvermittelt alle zugrunde richten konnte. Die Exorzismen des Pastors blieben ohne jedes Ergebnis.
Der Pastor selbst hing eines Morgens an einem der Dachbalken der kleinen Kapelle.
Der friedliche Hain hatte sich in einen Dschungel mit monströsen Insekten, giftigen Ausdünstungen, schlammigen und sumpfigen Gewässern verwandelt.
Das Glück dieser fremdländischen Menschen war nur die Maske einer Obsession. Um jeden Preis glücklich sein im Land der Barbaren, das gleichwohl einem Arkadien glich. Die Engländer waren die neuen Arkadier in Paraguay.
Die Sterne leuchteten rein über der Katastrophe.

IV

Die britischen Richter ließen ihr Urteil ergehen.
Die offensichtliche Ursache des unerhörten Pandämoniums waren das Klima, die erbarmungslose Natur, Ausdünstungen gewisser Pflanzen, traumfressende Pilze, tödliche Moskitos, Vampire, die bösartige Seuchen übertrugen, monströse Insekten, stinkende Miasmen, feuchtwarme, giftige Bäume.
Sie erinnerten an ähnliche Vorkommnisse, unter denen die Kolonisten in Indien, in Malaysia und an anderen unwirtlichen Orten der britischen Besitzungen gelitten hatten.
Der Chefingenieur hatte die Farbe eines welken Blattes. Er war sterbenskrank. Er konnte der Verhandlung nicht beiwohnen. Das blonde Haar wurde mit einem Schlag weiß. Gelbe Würmer krochen ihm aus den Nasenlöchern, aus den Ohren. Er verlor die Sprache. Besser gesagt, er hörte auf, schmutzige Schimpfwörter gegen den Staatschef auszustoßen.

»Niemand weiß, aus welchen schwarzen Wurzeln die Perversion der Menschen wächst... Harte Hand mit ihnen!« soll Präsident López gesagt haben, als man ihm die Nachricht überbrachte.
Es gab weder Polizei noch Armee. Die Wache der Hochöfen schritt zur Tat. Die Gattenmörder wurden verhaftet und repatriiert, mit Handschellen gefesselt.
Diejenigen, die es noch nicht waren, wurden von ihren Frauen und ihren Kindern getrennt und ebenfalls in ihr Heimatland zurückgeschickt.
Alle empfanden das Entsetzen, dem Kelch auf den Grund zu sehen.

V

Mit diesen Ereignissen, die an Hexerei gemahnten, war noch nicht alles zu Ende.
Es geschah etwas noch Seltsameres. Die überlebenden Ehefrauen wollten nicht nach England zurückkehren, abgesehen von zwei oder drei. Sie akzeptierten ihre Existenz als Ehrenwitwen.
Sie verwandelten sich in Bäuerinnen, sie bearbeiteten das Land und vermischten sich mit der Rasse, die sie zu Beginn verachtet hatten. Sie lernten ihre Sprache, ihre Sitten, aßen ihr Essen. Nach wenigen Jahren unterschieden sie sich nicht mehr von den einheimischen Frauen, außer in der Farbe des Haares und der Haut.
Sie lernten von ihnen den von den Vorfahren überlieferten Gleichmut.

Sie hatten die Tragödie vergessen und alterten im sanften Glück der Einfältigen. Einige bekamen abermals Kinder.
Wie die der eingeborenen Frauen stammten auch diese Söhne von unbekannten Vätern.
Keine von ihnen wollte den Ursprung dieser Geburten offenbaren.

VI

Als diese Jungen zu Männern heranwuchsen, gab die Regierung ihnen Posten bei der Eisenbahn und gewährte den Müttern Pensionen.
Lange Zeit sagte man, daß die Lokführer der staatlichen Eisenbahn von Paraguay fast alle blond seien.
Der unserer Lokomotive war es ebenfalls. Glattes Haar von

feinem Gold. Typisch britische Gesichtszüge. Er rauchte Pfeife. Rauchringe ballten sich in seiner Kabine zusammen und entflohen über den Holztender.

Ich unterhielt mich eine Weile mit ihm, während ich an der Seite der Lok lief. Auf eine Frage, die ich ihm über die Geschichte der Engländer stellte, verspottete er mich mit einem Schimpfwort in Guaraní, dem unanständigsten von allen.

Ich hätte ihn verstehen müssen. Niemand zeigt vor anderen aus purer Eitelkeit oder Selbstmitleid Erbarmen mit sich selbst. Niemand offenbart seine Familiengeheimnisse dem Erstbesten und schon gar nicht einem Bauerntölpel mit lächerlichem Aufzug und entstelltem Gesicht.

Dieser im Schmelztiegel zweier Rassen gegossene Adonis quoll über vor Lebensfreude.

Kräftig und fein zugleich, wirkte er wie ein von der Sonne gebräunter Dandy mit groben Händen, der sich als derber Bauer gab.

Das Leben würde für ihn immer zuwenig sein. Und sehr viel weniger als wenig die Geschichte seiner Vorfahren. Von seinen Lippen würde niemals auch nur der geringste Anflug einer Vertraulichkeit kommen.

Ich folgte dem Zug zu Fuß auf den Gleisen, wie die anderen.

VII

Kurz darauf winkte mich der Lokführer mit seiner Pfeife herbei.

»Möchten Sie etwas darüber erfahren?« fragte er mich fast höhnisch, während er mir kleine Rauchringe ins Gesicht blies.

Ich sagte nichts. Ich fing mit dem Zeigefinger einen der gewellten Ringe.
Während ich dicht an der Seite der Lokomotive lief, betrachtete ich das Hin und Her der Kuppelstangen.
Erst redete er über dies und das. Dann erzählte er mir die Geschichte, bar ihrer Exzesse, ihrer unheilvollen Größe, eine Geschichte, die er auf den bloßen Zwist zwischen zerstrittenen Familien reduzierte.

Es gab keinen schlimmeren Vorfall als das blaue Auge, das ein jähzorniger Herr mit einem Fausthieb einer etwas leichtsinnigen Witwe geschlagen hatte.
Eine höchst erbärmliche Geschichte.
Die Angelegenheit war nicht einmal dieser unzusammenhängenden Erzählung wert.
Er sagte, das Ganze sei weiter nichts als eine von den Spionen der Regierung eingefädelte Sache gewesen.

Im letzten Augenblick offenbarte er mir, er sei Urenkel sehr vornehmer Leute.
»Sind Sie ein Whytehead?« murmelte ich desorientiert, völlig verwirrt.
»Nein«, sagte er mit amüsiertem Augenzwinkern. »Ich bin Urenkel des Pastors Mulleady. Na, von dem, der diese Lokomotive gesegnet hat, als man sie 1857 einweihte. Es war ein nationales Fest. Die zweite Version der Stephenson-Lokomotive. Die erste in Westindien.«
Nach einer langen, lächelnden Pause fügte er hinzu:
»Kurz nach der Einweihung fand man meinen Urgroßvater, den Pastor, eines Morgens erhängt an einem der Dachbalken der Kapelle. Er wog mehr als zehn Arrobas. Auf meine Urgroßmutter, seine Frau, konnte kein Verdacht fallen.«

VIII

Der Urenkel des Pastors fühlte sich wohl im Land der Barbaren. Er hatte sich vollkommen integriert.
Seine Baritonstimme war frei von Anklängen an das Englisch des 19. Jahrhunderts, aber auch von regionalen Akzenten des Spanischen oder des Guaraní und ihrer schändlichen zweisprachigen Mischung.
Der blonde Lokführer, mit Öl und Kohle befleckt, war *schon* ein Mann von hier, obwohl sein Gesicht nur auf einem Bild der National Gallery erscheinen konnte. Auf einem Porträt von Gainsborough oder von Reynolds.
Mit wechselnder Stimmung und vielen Unterbrechungen erzählte er, daß die Witwe des Pastors, seine Urgroßmutter, einen Leutnant der Wache der Hochöfen geheiratet hatte, der zwanzig Jahre jünger war als sie.
Er unterbrach sich mit schallendem Lachen.

Er sagte, seither habe seine Familie weiter unter der Plage einheimischer Deckhengste gelitten.
Er verbesserte sich und sagte:
»Paraguayischer *Ehemänner*. Es waren nur Stromer, die einige Nächte lang von ihren Flößen stiegen. Sie kamen und gingen wieder.«
»Die Stromer sind so«, sagte ich.
»Die englischen Frauen spielten die Bienenköniginnen. Sie schickten sie gleich wieder zum Teufel.«
Nach einer Pause fügte er hinzu:
»Die paraguayischen Mestizen sind sehr faul. Drohnen durch und durch. Sie schlafen den ganzen Tag, solange sie eine Frau und Essen haben. Sie haben viel unnütze Energie. Sie sind nichts als liederliche Hurenböcke mit guten Eiern.

Das ist das einzige, wozu sie taugen.«
In meiner Verwirrung versuchte ich Lobreden auf die Briten in Paraguay. Vor allem auf die Beständigkeit und Geduld dieser Bienenköniginnen aus dem blonden Albion.
»Geben Sie sich keine Mühe, mein Freund«, beruhigte er mich. »Die Gringos treiben es auch sehr schamlos. Steigen Sie jetzt ein. Wir fahren gleich über die Brücke der Bomben in Sapucai.«
Die Brücke, die der Volksmund *Seufzer der Seelen* nannte.

IX

Der Zug brachte die lange Holzbrücke zum Knarren und Schwanken. Tausende von Seelen wimmerten in den verfaulten Planken.
Sie spannten sich seit mehr als einem halben Jahrhundert über den riesigen Graben, der bei der Explosion des mit Bomben beladenen Zuges während der Bauernerhebung des Jahres 12 entstanden war.

Die Brücke hielt sich nur kraft der fast wundersamen Gewißheit aufrecht, daß sie erst am nächsten Tag einstürzen würde. Und so Tag auf Tag.
Es gibt keinen besseren Glauben als die Gewißheit des Unmöglichen.

X

Bei meiner ersten Reise nach Asunción, im Alter von zehn Jahren, begleitet von Damiana Dávalos, schliefen wir in diesem Krater. Eng aneinandergedrängt in der Kälte und der lauen Zärtlichkeit der jungen Dienstmagd meiner Mutter.

In diesem Mondkrater machte Damiana Dávalos mich mit ihrem stummen, glühenden Wissen noch vor meiner Ersten Kommunion zum Mann.
Was kein schlechter Anfang war.
Damiana (die ich Diana nannte) lehrte mich, daß, wenn es die Liebe gibt, dies dem einen Gott zu danken sei, aber wenn man Liebe macht, dies zweien zu danken sei.
Ich schloß daraus, daß Gott nicht alles vermag.
Fortan sollte der salzige, sanfte Geschmack des Geschlechts einer Frau mich immer an jenen riesigen, dunklen Graben erinnern, der jetzt mit dichter Vegetation bedeckt war, über die der Zug dröhnend wie auf einem Aquädukt hinwegfuhr.
Ich glaubte immer, dies sei ein Traum meiner Pubertät gewesen.
Der Traum ist immer die Erinnerung an etwas, das nicht geschehen ist.

XI

Jetzt, da ich erwachsen bin, an diesem Tag, der wenig ist und Vortag von nichts, ist jener Traum des Kraters eine Erinnerung, die deutlicher und unauslöschlicher ist als der Traum eines Kindes. Eine Erinnerung, die von den gleichen Gerüchen, vom gleichen Begehren, vom gleichen Rausch zermahlen und destilliert wurde.
Ein Mondkrater im Mythos der verlorenen Unschuld.

XII

Die dicke Frau – denn diese Denunziantin war trotz allem das unermeßliche Wunder einer Frau – bekreuzigte sich während der ganzen Fahrt über die Brücke und murmelte dazu die Litanei eines einzigen Wortes – *Gott... Gott... Gott...* – in einer Explosion kleiner Hustenanfälle, die ihr Doppelkinn zum Zittern brachten.

Als der Zug nicht mehr auf dem zerfressenen, zitternden Balkenwerk dröhnte, stieß die Frau eine Lobpreisung aus und seufzte mit geschlossenen Augen: *»Gegrüßest seist du, Maria, voll der Gnaden, du bist gebenedeit unter den Frauen...!«*
»Das Unglück kommt, wenn das Schlimmste schon vorbei ist«, murmelte sie wie in einem letzten Stoßgebet. »Die guten Dinge passieren nur am Tag nach dem Schlimmen.«

XIII

Sie wandte sich an mich:
»Es kommt mir so vor, als würden Sie sehr leiden, Don. Sie reisen sehr stumm. Oder tut Ihnen auch das Sprechen weh?«
Ich zuckte die Schultern, während ich den Krater betrachtete.
»Sie tun recht«, sagte die Frau. »Nichts ist so gut gesagt wie das, was man nicht sagt. Ich dagegen bin sehr geschwätzig. Und das bringt mich um.«
»Sie reden nicht, um zu reden«, sagte der Alte gelassen. »Sie reden, um das Innere zu treffen.«
»Die reine Wahrheit, Señor«, räumte die Frau ein. »Der Reichtum des Ringes liegt in seiner Innenseite.«
Sie hob die kleinen Hände und Unterarme, die bestückt waren mit Armbändern und Ringen aus Talmi. Sie ließ sie in der Luft klirren.

Auch die Zehen der breiten Schwimmvogelfüße waren mit billigen, aber glänzenden Ringen geschmückt, die sie mit Spucke blank putzte, ein Vorgang, dem sie sich ausgiebig alle Augenblicke im Kampf gegen den hartnäckigen Staub widmete.

»Ich bin aus Encarnación, aber ich habe lange in Iturbe gelebt. Ein hübsches Dorf, Iturbe. Ich habe als Näherin und Hosenschneiderin in Iturbe gearbeitet«, sagte die Frau. »Ich habe den Jungen damals die ersten langen Hosen genäht. Wenn sie heute noch leben, haben sie das Alter dieses Herrn.«

In meinem Innern dankte ich der Denunziantin, daß sie den Namen Manorá ausgelassen hatte. Sie konnte ihn unmöglich nicht wissen. Aber es war eine Huldigung, daß die unwürdige Stimme den Namen Manorá nicht erwähnte noch den Lehrer Gaspar Cristaldo nannte, den Gründer, die wichtigste Person, die dort gelebt hatte.

Es war offensichtlich, daß die Denunziantin den Lehrer nicht kannte. Oder daß sie ihn mit Absicht verleugnete, aus welchem Grund auch immer.

XIV

Sie holte eine abgegriffene Fotografie aus einer ihrer Taschen hervor und zeigte sie mir voll Stolz. Ich sah das Dorf, die Fabrik und den Fluß.

Aus dem abgewetzten Bündel zog und zeigte sie weitere Fotografien. Auf einer sah ich – die Rührung machte mir einen Knoten im Hals – Papa und Mama, wie sie die Verwundeten versorgten, die nach drei Jahren Krieg von der Front zurückgekehrt waren.

Die Pritschen und Bahren standen verstreut unter den Bäumen, unter einer riesigen Landesfahne.
Ich sah mir die Fotografien weiter an.
Der riesenhohe Kamin ritzte die Wolken, ohne einen Tropfen Rauch aus dem Bronzemaul auszustoßen. Der Blitzableiter war schon angebracht und sandte kleine grüne, gelbe und blaue Funken aus.
Eines Tages, als ich zwölf Jahre alt war, kletterte ich mit dem stillschweigenden Einverständnis der Heizer auf der spiralförmigen Leiter im Innern des Kamins empor. Es war kaum nötig. Der mächtige Zug hob mich in die Höhe, zog mich nach oben, bis der Höhenwind mir ins Gesicht blies.
An den Blitzableiter geklammert, hatte ich das Dorf kleiner als auf dem Foto gesehen. Das kleinste Dorf der Welt.
Ich sah den Rauch der Ziegelbrennereien. Wie Reihen von Ameisen transportierten die Frauen auf ihren Köpfen riesige Lasten von frisch geformten Ziegelsteinen zu den großen, in Flammen stehenden Brennöfen.
Ich sah eine verschwindend kleine Ziegelbrennerei.
Im Innenhof des Hauses, kleiner und bedeutungsloser als zwei winzige weiße Ameisen, kneteten meine Schwestern den Ton, füllten die Formen und stellten sie zum Trocknen in Reihen unter die glühende Sonne.
Sie hatten ihre eigene Kooperative gegründet. Jahre später schloß der jüngste Bruder sich ihnen an. Er war ein Wissenschaftler und Unternehmer. Das Geschäft lief gut. Vater sorgte dafür, daß der Benjamin sich nicht abermals wie ein unbarmherziger, autoritärer Aufseher gebärdete.

XV

Die monotone Stimme des Alten zählte mit dem Sarkasmus der Hoffnungslosen auf:

»In Sapucai haben die Bewohner die Leprakranken, den Teufelsgraben der Bomben. In Iturbe die Überschwemmungen. Die großen Unwetter, die die Häuser zum Fliegen bringen. Die Ziegelbrennereien mit der Sklavenarbeit der Frauen. Die illegalen Zuckermühlen und Zuckersiedereien, die Viehdiebe…«

»Glauben Sie ja nicht, Don«, unterbrach ihn die Frau. »In Iturbe gibt es auch ein paar gute Sachen. Die Bewohner sind nicht stolz. Der Stolz ist die Tugend des Besitzlosen.«

Sie stieß einen Mundvoll Rauch aus.

»Es gibt die Zuckerfabrik der Katalanen Bonafé«, fuhr die Frau fort. »Sehen Sie.« Sie reichte ihm eine kolorierte Postkarte. »Die erste des Landes. Reichtum des Dorfes, der ganzen Nation. Stolz und Krone des paraguayischen Volkes sagen die, die zu reden verstehen. Es gibt eine große Kaserne der Kavallerie mit etwa zehn Ställen, ihr Kommandeur ist der künftige Präsident der Republik.«

Sie setzte ein ehrfürchtiges Gesicht auf.

»Das ist sehr gut«, sagte der Alte spöttisch. »Ein Präsident in Paraguay kann nichts anderes sein als ein Kommandeur der Kavallerie.«

»Und da ist auch die große Brücke über den Tebicuary-Fluß, die die Soldaten gebaut haben. Nicht so ein Dreck von zusammengeflickter Brücke, die eines Tages mit uns allen in die Tiefe des Teufelsgrabens stürzen wird, wo wir platt wie Kuhfladen ankommen.«

»Wann kommen wir durch Iturbe?« fragte der Alte.

»Um Mitternacht, bestimmt«, informierte sie. »Manchmal hält der Zug nicht einmal. Nur, wenn er Ladung für die Händler des Dorfes oder für die Zuckerfabrik dabei hat. Iturbe ist jetzt schon eine richtige Stadt. Man muß die Kirche der Evangelisten sehen; sie ist auf einem Sockel aus rosa Marmor an der Stelle erbaut, wo sich früher die tote Lagune von Piky befand.«

Ich spürte das Zusammenziehen des blutleeren Herzens. Inmitten dieser toten Lagune hatte der Lehrer Gaspar Cristaldo seine Pfahlhütte gebaut. Er hatte sein Kanu an einen der Pfähle gebunden, um die Lagune zu überqueren. Er machte aus diesem Sumpf einen Garten. Als er starb, verwandelte er sich in eine faulige Lagune zurück.

Die Sonne war untergegangen. Plötzlich lösten sich die ersten Schatten vom zarten Abendhimmel und fielen herab. Die Funken tanzten im Rauch wie Leuchtkäfer, die der Geruch der im Heizkessel verbrannten Holzscheite in Aufruhr versetzte.

Meine Erinnerungen an Manorá wurden immer intensiver.

SECHSTER TEIL

I

Die Überschwemmungen waren das Laster von Manorá.
In der Regenzeit schwoll der Fluß in seinem tiefen Bett an. Er geriet außer sich vor Strudeln. Er überflutete Felder und Täler. Die Wasser konnten in einer Nacht einen Meter und mehr steigen.
Nur das kleine Eiland des hohen Hügels, *Acä-roysä*, auf dem sich der Friedhof befindet, blieb von den Wassern verschont. In Mondnächten glänzte der kühle Kopf des Hügels wie ein gespenstischer Garten, der aus der Höhe über den Schlaf der Lebenden wacht.

In den Wassern trieben schwimmende Inseln aus Kamelottgras, toten Kühen, von den Steilufern losgerissenen Hütten. Auch Getier aller Art. Schlangen, Füchse, Pé-Wölfe, bisweilen sogar die eine oder andere Raubkatze kamen auf den Seeroseninseln wie in einem Boot daher. Man mußte mit umgehängter Flinte gehen. Mein Vater tötete einen Jaguar, der sich an die Pforte klammerte. Dort blieb er und verweste langsam bis zum Niedrigwasser des Sommers.
Die Pforte war es leid, mit ihren Lanzen das Aas des Raubtieres zu halten. Sie fand kaum Worte für ihre Schwierigkeiten, aber man merkte ihr den Ärger an, den ihr die Entehrung durch den toten Jaguar bereitete.
»Nur Mut, kleine Pforte von der Farbe der Hoffnung!« sagte ich, um sie aufzumuntern. »Kein Übel dauert ewig...«

»Sag deinem Vater, er soll mir dieses Ärgernis vom Leib schaffen, das wie der Arsch einer Alten stinkt.«

II

Die Kanus und die Einbäume aus Zedern- oder Tatarëstämmen hatten die Form von Särgen. Wenn sie nicht benutzt wurden, um den Hochwassern zu entkommen und die Ertrunkenen aufzufischen, wurden sie als Särge für den letzten Dienst am Menschen verwendet.
Die Totenwachen für die Ertrunkenen fanden auf schwimmenden Flößen statt, die an den Stützpfosten der Balkone festgebunden waren.
In jedem Haus gab es einen oder zwei Särge, die in den Ekken lehnten. Sie dienten dort provisorisch als Vorratsschränke für den Käse und die Schlackwurst.
Neben den Kanus lagen die Ruder und Bootshaken, die Rettungsseile, die tönernen Kerzenhalter mit ihren Talgkerzen für die Totenwachen.
Sogar die Alten ruderten in ihren Einbäumen.
Ich besaß mein kleines Kanu mit zwei Rudern. Papa und Mama ein großes Kanu für zwei Personen, das ihr Ehebett war.
Mein Vater baute eine erfinderische Anlage aus Winden und Seilen, die das Kanu-Bett während der Überschwemmungen zum Dach hochhievte.

Mir gefiel es, in meinem kleinen Kanu zu schlafen, das im Zimmer dümpelte. Ich träumte zuweilen, ich würde den Fluß gegen den Strom hinaufrudern bis zu seiner Quelle im Ypoá-See, wo die Victoria regia und die Trigridia-Blüten wachsen, die groß, rot und aufgedunsen sind wie die Köpfe

von Enthaupteten. Der See, riesig wie ein Meer, in dem in tausend Meter Tiefe das Ungeheuer lebt, halb Fisch, halb Löwe. Das Ungeheuer, das keiner je hat sehen können.
Von dort kam auch, in jedem Winter, die große Schlange des Regens, die die Überschwemmungen brachte. Es war eine riesige Schlange, die zwischen den Blitzen und den Wetterstrahlen dahinflog, und die Laute, die sie ausstieß, waren lauter als die Donnerschläge des Unwetters.

III

Im Traum ist diese von Raubtieren, Schlangen und wildesten Sauriern bewohnte Entfernung ein kleiner Dreck. Aber in der Wirklichkeit ist das sehr weit, ungeheuer weit.
Der Ort, von dem man nicht zurückkehren kann.
Der Ort der Täuschung, an dem man nur verschwinden kann.
Ich träumte jedoch, dereinst, wenn ich das Alter der jungen Helden hätte, in den Kampf gegen diese beiden Ungeheuer zu ziehen und Iturbe von seinen schrecklichen Feinden zu befreien.

An den Vormittagen stiegen Papa und Mama eine kleine Treppe herab und machten sich in den Zimmern und in der Küche zu schaffen, wobei das Wasser ihnen bis zur Gürtellinie stand.
Ich ging hinaus, um die Hähne, Küken und Hennen einzusammeln, die sich auf die hohen Pfähle des Hühnerhofs gerettet hatten. Fröhlich folgten mir die Ente und ihre Brut. Die Entenküken sahen aus wie gelbe Knospen mit goldenen Beinchen zwischen den perlweißen und blauen Blüten der Seerosen.
Sogar die Mißgeschicke haben ihre Schönheiten.

IV

Jeder Bewohner von Manorá fühlte sich wie ein amphibisches Tier. Jeder hielt fest in seiner Hand die Hoffnung, einmal nur ein Festlandbewohner zu sein.
Bei den Totenwachen sah man die Toten mit ein wenig Erde in den Fäusten, die hart waren wie Steine. Sie wollten diese Hoffnung bis in die Nischen des Friedhofs mitnehmen.
Solange ich in Manorá lebte, war die Vorstellung des Todes für mich mit den Überschwemmungen verbunden. Die Sarg-Kanus, die in einem Winkel darauf warteten, uns zu dem Ufer zu bringen, von dem man nicht wiederkehrt.
Diese Toten, die im Kanu zum Hügel des Friedhofs transportiert wurden, amüsierten mein Kindergemüt und löschten die Furcht vor dem Tod aus.

Genauso war es, wenn wir die Leichen der Wanderhirten aus dem Wasser fischten, die betrunken von Solano Rojas' Floß fielen und in der Flußenge ertranken, wo die Strömung sehr stark ist und die ruhigen Stellen sehr tief sind.
Wenn ich entwischen konnte, ging ich heimlich mit.
Schweiß, Geschrei und Strafen kostete mich das Fischen der Wanderhirten, die sich in den Wasserpflanzen verfangen hatten, in der Tiefe der Fahrrinne, und aufgedunsen und glitschig waren wie große Fische.

Es gab zwei rivalisierende Gruppen: die von Leandro Santos angeführte, die stärkere, und die der Goiburú-Zwillinge, die ruchlos waren bis in die Fußnägel.

Der Bandenkrieg hätte mich beinahe das Leben gekostet. Die Goiburú-Zwillinge versuchten mich an der tiefsten Stelle des Flusses zu ertränken.
Nie hatte ich einen ähnlichen Haß bei Jungen gesehen, die nicht älter als zwölf Jahre waren. Wenn diese Taugenichtse einmal groß sind, dann können sie nichts anderes als Mörder sein, dachte ich.
Unglücklicherweise hat sich die Voraussage erfüllt.

V

Um meine Eltern hinters Licht zu führen, hatte ich das Kanu bei der Rückkehr voller wilder Orchideen, die ich an den Bächen gepflückt hatte, und schenkte sie meiner Mutter als Gruß von meinen nautischen Ausflügen.

Das Mittel war nicht immer wirksam, und die Strafe folgte trotzdem, wegen der paar Münzen, die uns der Fährmann gab. Mein Vater fand sie unfehlbar in meiner Hosentasche. Die Schläge mit dem Gürtel brachten die Münzen zum Vorschein und bescherten mir ein brennendes Hinterteil.

»Der große Taucher, der sein Geschäft mit Leichen betreibt!« schimpfte mein Vater laut, während er heftiger zuschlug.

VI

Viele junge Frauen und sogar die Alten hießen damals Ninfa oder Nenúfar.
Sie glichen den Pflanzen.

Ich hatte eine Braut im gleichen Alter wie ich, die Nenúfar hieß. Die Wasser trugen sie davon.
Der Pfarrer Orrego sagte, es sei eine heidnische Sünde, den neugeborenen Mädchen Pflanzennamen statt der Namen des Heiligenkalenders zu geben. Deshalb bestrafe Gott sie, und das Hochwasser nehme sie auf seinen schwimmenden Abfallinseln wer weiß wohin mit.
Die Mode der Wassernamen hörte auf. Dann begann die Mode der Namen des Heiligenkalenders, die den Kindern beiderlei Geschlechts am Taufbecken auferlegt wurden.
Die Bewohner von Manorá hießen nunmehr wie die heiligen Märtyrer, wie die römischen Kaiser und die heiligen Jungfrauen, wie die heiligen Apostel und der bunte Haufe der Sankt-Soundsos des Bristol-Almanachs.
Jeder trug sein Leben lang an der Last des Namens des Heiligen seines Geburtstages.
Einige klangen sehr lästig und unangenehm im Ohr.

VII

Mein ganzes Leben lang habe ich den Namen gehaßt, den man mir gegeben hat.
Ich beschloß, keinen Namen zu haben. Ich hätte gerne Juan Evangelista geheißen. Und wie er, eines Tages, das Buch der Offenbarung geschrieben, das auch die Apokalypse heißt.
Ich las es wieder und wieder, ohne Überdruß, denn es war, als würde man die Vergangenheit in Zukunft verwandelt sehen.

VIII

Ich wollte die schönste Geschichte der Welt schreiben. Nicht die Geschichte vom Ende der Welt, sondern die letzte, von einem Überlebenden geschriebene Geschichte, die niemand mehr würde lesen oder erzählen können.
Lange Zeit war ich wie besessen davon, diese Geschichte zu schreiben.
Ich sagte zu meiner Mutter leise, damit Vater uns nicht hören konnte: »Ich möchte nicht sterben, ohne diese Geschichte zum Ende der Welt geschrieben zu haben...«
Meine Mutter ermunterte mich: »Du wirst sie schreiben, mein Sohn. Wir alle, so oder so, träumen von dieser letzten Geschichte, die niemand jemals lesen kann.«

IX

Mit dreißig Jahren schrieb ich im Gefängnis *Der Grind*.
Ein nackter, blinder, kahler Mann läuft zwischen großen Fumarolen, die aus der verbrannten Erde aufsteigen.
Von Zeit zu Zeit schreit er auf und ruft nach jemandem. Niemand antwortet ihm. Es ertönt kein Echo. Es gibt niemanden mehr außer ihm.
Am Anfang geht eine junge Frau von fremdartiger Schönheit an seiner Seite.
Dann verschwindet sie.

X

Die Knochen der Frau, wie von Raubtieren abgenagt, die nicht mehr existieren, säumen die dampfende Erde. Man kann vermuten, daß der letzte Mann sie aus Eifersucht ver-

schlungen hat, als diese Eifersucht schon weiter nichts als der letzte Wahn des einen einzigen Mannes sein konnte.
Hat er sie verschlungen, um sie in sich zu bewahren?
Das einzige, was er von ihr zurückbehalten hat, ist ein langes blondes Haarbüschel, das er um den linken Unterarm geschlungen trägt.
Ab und zu vergräbt er das Gesicht in dem goldenen, gewellten Haar und atmet den Geruch seiner eigenen Verzweiflung ein.
Der einzige Mensch hat sich noch nicht an seine Einsamkeit gewöhnt.
Der letzte Mensch versucht mit den Fingernägeln ein kleines Stück Kruste vom Schädel zu lösen.
Er glaubt, daß sich in diesen talgigen Grind die Sprache, die Zeit, der Sexus, die winzigsten lebenden Anzeichen einer Wirklichkeit geflüchtet haben, die sich in Nichts aufgelöst hat, die niemals existiert zu haben scheint.
Schließlich entfernt er die dünne Kruste. Ein Windstoß entreißt sie seinen blutigen Fingernägeln.
Der Mann bricht zusammen auf einem Hügel fossiler Asche.

XI

Ich erfand eine kryptische Schrift, womöglich eine neue Sprache, um die tägliche Kontrolle zu unterlaufen, der die Gefängniswärter die Papiere, Habseligkeiten und sogar die Fetzen alter Zeitungen unterzogen, die wir, die in der Zelle Valle-í zusammengepferchten Häftlinge mit höchstem Gefährlichkeitsgrad, in der Toilette benutzten.

Ich durfte schreiben, unter der Voraussetzung, daß ich das Geschriebene jeden Tag den diensthabenden Wärtern vorlas. Ich las zu ihrer Zerstreuung die gröbsten pornographischen Passagen, die von diesen rudimentären Gemütern mit tierischem Behagen beklatscht wurden, denn sie waren für ihren Geschmack und zu ihrem Vergnügen geschrieben. Das war die kleine Rache, die ich mit Hilfe der Unwirklichkeit der Literatur an der Wirklichkeit der Macht nahm.
Die Wächter der politischen Polizei genossen diese »literarischen Plauderstunden«.
Es waren die Goldjungen der Geheimen.

XII

Am Ende folgt die große Offenbarung.
Ich löschte sie sorgfältig aus. Auf dem Papier. In meinem Kopf. Ich vergaß sie. Das Vergessen kann auch vergessen, daß es vergißt. Die Folterungen konnten mir dieses Geheimnis nicht entreißen. Ich wußte es ganz einfach nicht.

XIII

Ein stummer Roman. Weder Namen noch Pronomen, noch Verben, noch Adjektive, noch Präpositionen, noch adversative oder kopulative Konjunktionen, noch Exposition, Knoten und Auflösung.
Die zentrale Handlung vollzieht sich auf dem irrealen Schauplatz eines Liliput-Zuges, der als Leitfaden dient. Die Erzählung, mit parallelen Geschichten gesättigt, durchsetzt, verzweigt sich und wuchert endlos fort. Der letzte Kreis schließt sich, verschwindet, erlischt im Mutterleib.

Karges, rasches, schwindelerregendes Erzählen. Trügerische Transparenz. Abstrakt, immateriell. Sie schafft eine Atmosphäre völliger Undurchsichtigkeit, ähnlich der Nacht.
Hinter dem Glas, im Finstern, wimmeln Ektoplasmen verschwommener, monströser menschlicher Gestalten. Dann löst sich alles auf und verschwindet, ohne eine Spur zu hinterlassen.
Als Titel habe ich ihm den Namen der kleinen Talgkruste gegeben, auf deren Wesen der letzte Mensch sich reduziert sieht.

Das zentrale Thema dieser gedrängten, knappen, kathartischen Erzählung ist das Vergessen. Der Zug von 1850 ist nur ein Detail der inexistenten Dekoration. In dieser Leere im Halbdunkel war mir, als würde ich mich an alles erinnern. Nicht in Worten, sondern in Bildern mit schillernden Rändern. Stücke eines zerbrochenen Spiegels, den Strahlen einer grellen Sonne ausgesetzt.
Ich trat auf sie mit meinen groben Gefangenenstiefeln. Ich hörte sie knirschen und in immer feinere und spitzere Splitter zerbrechen, die sich krümmten wie die Nerven unter den Entladungen der Stromfolter an den Hoden.

Jetzt, da ich in diesem Liliput-Zug fliehe, der dem anderen gleich – oder vielleicht derselbe – ist, kommt es mir vor, als würde ich diese Geschichte wiederholen oder sie zum ersten Mal schreiben.
So sehr man auch die Worte hin und her wendet, man schreibt immer dieselbe Geschichte.

XIV

Dieser Text versuchte das Vergessen in Wahn zu verwandeln. Er zielte auf die Vernichtung von allem, was ich geschrieben hatte, so daß keine Spur irgendeines von mir geschriebenen Werkes zurückbliebe.
Der Versuch scheiterte zum Teil. Die zweiköpfigen Spuren nahmen keine Gestalt an. Womöglich aus Mangel an einer bis zur letzten Konsequenz getriebenen Aufrichtigkeit.
Oder weil der blutige Tau der Mittagssonne nicht auf sie gefallen ist.
Oder vielleicht fiel er herab, aber wollte sich nicht mit meinem Blut mischen, das vom Nachttau verwässert war.

Ich versuche, die Probe noch einmal zu machen. Diese Notizen werden sehr bald gemeinsam mit mir verschwinden.
Die Flucht kann nicht endlos sein, so lange sie auch dauern mag.
Die Langsamkeit des Zuges, der auf den rostigen, ungleichen Gleisen mit seiner hundertjährigen Erschöpfung keucht, trägt nur dazu bei, das Ende zu beschleunigen.
Der perverse, arglistige, trügerische Mythos der verlorenen Kindheit hält mich gefangen. Ich kann nicht vor ihm fliehen. Ich bin seine Geisel. Er wird mich an Händen und Füßen gefesselt an meine Verfolger ausliefern.

XV

Ich möchte nur die Traumbilder bewahren, die mich zwischen meinem siebten und meinem dreizehnten Lebensjahr in jenem geheimnisvollen Flecken Manorá, den der Lehrer

Gaspar Cristaldo im Herzen des Dorfes Iturbe gegründet hatte, nicht schlafen ließen.
Mich jetzt an sie zu erinnern, über sie zu schreiben, ist wie das Wiederkäuen von Kummer, ähnlich dem langsamen Mahlen der Ochsen unter dem Joch der Karren, die voll riesiger Bündel Rohr zur Zuckermühle fahren.

SIEBTER TEIL

I

Wenn das Hochwasser zurückging, war Manorá ein stinkender Morast.
Man muß sich ein Dorf aus rotem Lehm auf den Hügeln, aus schwarzem Lehm in den Morasten vorstellen, übersät mit toten Tieren, entwurzelten Hütten und Bäumen, die die Fluten in alle Richtungen fortschwemmten.
Bei jedem Hochwasser verschwanden viele Kinder. Die Eltern suchten sie unter hoffnungslosen Schluchzern in den Abzugsgräben, wo die Wasserschwälle besonders heftig gewesen waren.

II

Bei Hochwasser blieb der Zug aus. Und ohne die Durchfahrt des Zuges wirkte das Dorf selbst wie ertrunken und tot, ohne Erinnerung an die Zeit, die verging.
Wir wußten nicht, was für ein Tag war noch welche Stunde, noch welches Jahr, noch welches Jahrhundert.
Wir Jungen aus dem Dorf waren wütend auf den Zug, wenn er nicht kam.
Wir konnten uns nicht an die Puffer hängen, wenn er langsam die Einfahrt zum Bahnhof erklomm.
Einmal fuhr der Zug mit der Wasserlinie unter Wasser. Der Heizkessel wurde überflutet. Die Lokomotive konnte nicht bremsen. Der Zug rollte auf dem Abhang zurück und überfuhr vier unserer Spielkameraden.
Der Zug war unser einziges Spielzeug.

III

Mit einem dieser Hochwasser kam der Lehrer Cristaldo. Niemand erinnerte sich, wie und wann.
Wahr ist, daß er in seinem Kanu auftauchte und das Dorf sein Lebtag lang nicht mehr verließ.
In wenigen Monaten baute er allein, ohne jemandes Hilfe, seine Pfahlhütte inmitten der toten Lagune von Piky.
Und dort blieb er, umgeben von den ekelhaften Gerüchen des fauligen Wassers.

IV

Am Anfang löste der kleine Mann, dessen unvermutetes Erscheinen niemand erklären konnte, eine gewisse Verwirrung bei meinen Eltern und bei mir selbst aus.
Es war eine Erschütterung, die aus dem Unerklärlichen kam.
Der Neuankömmling besaß eine außergewöhnliche Ähnlichkeit mit dem kleinen Alten, der bei uns lebte und einfache Arbeiten verrichtete. Das erste Mal, als meine Mutter ihn sah, rief sie: »Er sieht genauso aus wie *karaí* Gaspar!«

Jedenfalls war unser erster Eindruck, daß der Neuankömmling aus unserem *karaí* Gaspar *herausgetreten* war. Daß es sich um eine Seelenwanderung oder eine Reinkarnation handelte, wie man damals sagte.

V

Der alte *karaí* Gaspar war ein lebendes Überbleibsel des Untergangs der Familie in der Stadt. Mit seinem schlichten

Herzen und seinem leicht verirrten Geist hing er wie eine Klette an unserem Haus, unserer Familie, unserem Schicksal.
Die Verwirrung wuchs, als man den Namen des *Stromers* erfuhr: Gaspar Cristaldo.
Unser kleiner Alter hieß Gaspar Gavilán.
Er war etwas größer als der Neuankömmling, trotz des Buckels, der seinen Rücken krümmte. Unser *karaí* Gaspar trug einen dichten weißen Bart.
Am Kinn des anderen wuchsen nur einige wenige, endlos lange Mongolenhaare von undefinierbarer Farbe, die ihm glatt und glänzend auf die Brust fielen.
Alles, was an unserem Gaspar langsam und passiv war, war schnell und energisch bei dem anderen, der in ständiger Bewegung lebte.

VI

Der kleine Alte half die Kühe zu melken. Es war ein unglaublicher Anblick, wenn seine von der Arthritis verhärteten Hände die dicken Zitzen drückten und Strahlen schaumiger Milch in den Eimer spritzen ließen.
Nach dem Melken führte er sie zum Grasen auf die hohen Hügel mit guter Weide.
Ich sah ihn in den Ställen, wie er sich in der Höhe der Euter bewegte. Ich sah ihn wie ein unwirkliches Wesen, einen Sonnenreflex zwischen den Kuhfladen und den Urinpfützen der Tiere.
Papa und Mama achteten ihn als das, was er war. Sie stellten ihn als Muster eines gutherzigen, stillen und gefälligen Mannes hin.
Seine geistige Schwäche war seine Stärke.

Er hatte ein paar fixe Ideen. Seine Furcht vor dem Mond war eine krankhafte Angst.
Er sagte, das Feuer des Mondes würde ihm die Haut vom Leibe ziehen. In Vollmondnächten ging er unter dem Schutz eines riesigen schwarzen Sonnenschirms hinaus, den er sich selbst aus gummierten und mit Teer gefärbten Zuckersäcken fabriziert hatte.

VII

Donnerstag nachmittags gab meine Mutter ihm eine Liste mit den Vorräten, die sie brauchte. *Karaí* Gaspar kam mit seinem Wägelchen, wenn es kein Wasser gab, oder mit seinem Kanu bei Hochwasser randvoll beladen mit Vorräten jeder Art zurück.
»Warum haben Sie so viele Sachen gebracht, *karaí* Gaspar!« sagte meine Mutter erschrocken. »Ich habe Ihnen doch eine Liste gegeben. Mit den Lohngutscheinen werden wir das alles nicht bezahlen können.«
Mamas Bestürzung füllte seine Augen mit Tränen. Sie umarmte den vergeßlichen kleinen Alten.
»Das Papier ist mir davongeflogen«, entschuldigte sich der Einkäufer sanftmütig. »Später habe ich es im Gestrüpp gefunden. Jemand hatte es auf dem Abort benutzt, anstelle von Maisblättern. Ich konnte doch nicht die mit Kacke beschmierte Liste im Laden von Don Michironi vorzeigen. Ich habe alles mitgebracht, was gebraucht wird.«
Er zeigte ein Paar neue Hanfschuhe. »Das habe ich gebraucht«, sagte er. »Der andere hatte sich schon gehäutet.«
Er trug einen Schuh des funkelnagelneuen Paars. Er zeigte ihn kokett, mit senilem Stolz. *Karaí* Gaspar zog nie beide

Hanfschuhe zusammen an. Er trug erst einen ab, bis nur noch Fetzen von ihm übrigblieben. Dann den anderen.
»So halten sie länger«, sagte er. »Bald sieht der schuhlose Fuß besser den Weg. Er kennt die Spuren auswendig. So geht man nicht fehl.«

VIII

Die beiden Gaspars waren sich trotz ihrer Verschiedenheit sehr ähnlich. Gleich. Einer an jedem Extrem der möglichen Unterschiede. Äußerlich gesehen konnten sie fast als Zwillinge gelten, abgesehen vom Bart und Buckel des einen, von der langen Haarmähne und den aufrechten eineinhalb Klafter Statur des anderen, gekrönt von seinem ewigen Hut aus schwarzem Zeug.

Nicht alle nahmen dies als eine simple Tatsache wahr. Die Entfernung zwischen dem einen und dem anderen war so groß, daß sehr wenige darauf kamen, sie miteinander zu vergleichen.
Beide waren wortkarg. Aber sie sagten fast die gleichen wenigen Worte, um eine Vielzahl von Dingen auszudrükken.
Unser *karaí* Gaspar war geistig beschränkt. Der von weither gekommene Gaspar Cristaldo war in seiner Kleinheit eine Kraft in Bewegung, ein Geist, der unbekannte Dimensionen umfaßte.

IX

Ich war sicher, daß Gaspar Cristaldo nur eine Emanation unseres schweigsamen, aber lächelnden *karaí* Gaspar Gavilán war.

In jedem Fall ließen sich die Anwesenheit des Neuankömmlings, die unglaublichen Dinge, die er später zum Erstaunen des Dorfes tat, das, was er selbst als Person war, nur als höheres Stadium eines anderen Wesens erklären, das seine Antithese und zugleich sein Zwilling war.

Eine Seelenwanderung in der Gegenwart, so etwas wie eine Sublimierung des kleinen Alten und einstigen Heizers, der sich aus einem Schiffbruch auf offener See und aus einem weiteren Schiffbruch familiärer Art in das glühende, dunkle Wesen des Neuankömmlings gerettet hatte.

Umflort von der Aura seines sanften Wahnsinns, ließen *karaí* Gaspars kleine, vom Gespinst des grauen Stars verschleierte Augen an seltsame, gütige Visionen denken.

Die nämlichen, die Gaspar Cristaldo in der täglichen Wirklichkeit umsetzte.

Es gab eine mysteriöse Verbindung zwischen dem, was der eine in den Nebeln seines Geistes träumte, und dem, was der andere wie durch Zauberkunst zustande brachte, aber mit Hilfe eines Zaubers, der unbekannt war in dieser Welt.

Als die beiden Gaspars sich kennenlernten, erkannten sie einander sofort. Sie sahen sich wenig. Sie wechselten kein Wort miteinander. Aber man konnte sagen, sie befanden sich in ständiger Verbindung.

X

Während der Hochwasser stand die große Brücke unter Wasser. Wenn die Lokomotive es wagte, sie zu überqueren, reichte das tosende Wasser ihr bis zur Gürtellinie. Die Feuer erloschen, und der Heizkessel erkaltete in einem langen Pfiff.

Einmal entgleiste der Zug und versank im Fluß.

Man mußte auf das Niedrigwasser warten, um ihn aus dem Stauwasser zu heben.

Mit den Kränen der Fabrik wurde die kleine Lokomotive hochgehievt. Danach die mit Ertrunkenen gefüllten Waggons. Sie saßen sehr still und starr auf den Sitzen, vom Wasser zur doppelten Körpergröße aufgeschwemmt, die Gesichter halb von den Pirañas zerfressen.

Einen Monat lang arbeiteten an die hundert Männer mit Wagen, Ochsen, Hebebäumen und Flaschenzügen, um den Zug wieder auf die Gleise zu setzen und die Ertrunkenen zu bergen. Die Arbeit ging langsam voran. Die meiste Zeit verbrachten alle damit, am Saugröhrchen des kalten Mate zu ziehen und die Trinkbecher mit dem schlammigen Wasser des Flusses zu füllen.

Auch bei der Bergung des Zuges war das Männchen in Aktion zu sehen. Klein, agil, allgegenwärtig, war er überall mit einer Hilfestellung oder einem immer richtigen und genauen Befehl zur Stelle. Seine Leistung übertraf die Arbeitskraft zweier starker Männer.

Er war der einzige, der keine Zeit mit dem Schlürfen des endlosen, des unendlichen Mate vertat, der die Farbe der Rasse in die grüne Trägheit des Matestrauchs verwandelte.

XI

Es gab um die hundert Totenwachen im ganzen Dorf. Die Klageweiber und die Darsteller der Passionsspiele von Borja und Maciel klagten drei Tage und Nächte lang ohne Unterlaß mit großem Geschrei.

Die ganze Bevölkerung deklamierte unter lauten Schluchzern und Seufzern ihre dreifachen Gottesanrufungen und Totengebete, während wir inmitten großer Feuer die Toten in ihren Kanu- und Einbaumsärgen zum Friedhof ruderten.
In der vor Feuchtigkeit kochenden Hitze wurden die Beerdigungen nachts vorgenommen. Wir luden viel trockenes Stroh auf die schwimmenden Inseln aus Kamelottgras und zündeten sie an, wie es die nomadisierenden Flußindianer in der Johannisnacht tun.
Das Schauspiel war beeindruckender als die Feuer der Flußindianer auf dem Fluß. Diese Feuer bewegten sich mit dem Wind auf den wilden Wassern.
Die Nacht der treibenden Feuer in ihrer ganzen Pracht.

XII

Der Anblick der verwahrlosten Gleise führt mich zu einem anderen Bild, das ich mir nie aus den Augen, aus der Seele werde reißen können.
Völlige Stille entsteht um mich herum. Ich höre nur das langsame Kreischen der Räder, die von Iturbe nach Villarrica unterwegs sind.
Es sind nicht die Räder dieses Zuges. Es sind die einer Draisine der Gleisarbeiter. Mein Vater bewegt die Antriebshebel, unter Mithilfe eines Arbeitskollegen. Auf dem Boden der Draisine liegt meine Mutter, in Decken gehüllt, mit fahlem Gesicht, tödlich verletzt. Ein alter, zerlumpter Sonnenschirm, der an der Halterung des Steuers befestigt ist, schützt sie notdürftig vor der glühenden Sonne.

XIII

Meine Mutter war nach der Geburt meiner zweiten Schwester, die tot auf die Welt gekommen war, schwer im Wochenbett erkrankt.
Die unstillbare Blutung, das Kindbettfieber richteten die Kranke zugrunde. Man mußte sie unverzüglich zum großen Arzt und Patriarchen von Villarrica, Doktor Domínguez, bringen.

Der Zug war an der Brücke versunken und sollte erst sehr viel später geborgen werden.
Mein Vater ging zum Patron und bat, man möge meine Mutter in einem der Lastwagen der Zuckerfabrik nach Villarrica bringen.
»Aber Don Lucas, wie können Sie wagen, mich darum zu bitten? Sie wissen, daß das unmöglich ist. Es gibt keine Wege, auf denen Lastwagen bis nach Villarrica fahren könnten. Der Lastwagen wird nicht ankommen. Er wird unterwegs verloren gehen. Das kostet einen Haufen Geld.«
Das Gesicht meines Vaters wurde leichenblaß. Das gütige Lächeln des Patrons verhärtete sich ein wenig.
Die himmelblauen, gütigen Augen von Jordi Bonafé waren nur als zwei kleine leuchtende Schlitze erkennbar, die über irgendeine gangbare Lösung nachsannen.
»Es sei denn, Sie sind bereit, Ihre Frau in der Draisine der Eisenbahnarbeiter hinzubringen«, sagte er nach einer Weile mit der schneidenden, gutturalen Stimme der Katalanen, während er sich mit den speichelbefeuchteten Fingern die dicken blonden Schnurrbartenden glattstrich.

XIV

Mein Vater bat seinen Arbeitskollegen Pachico Franco, einen jungen Mann voll Kraft und Güte, ihm beim Bewegen des Schwengels zu helfen.

Pachico war sein bester Freund. Er brachte meinen Eltern die Hingabe einer wahren Zuneigung entgegen.

Die beiden Männer, völlig in Schweiß gebadet, mein Vater zudem mit tränennassem Gesicht, bewegten die Antriebshebel der Draisine die ganzen sieben Meilen der Strecke, sieben tödliche Stunden lang.

Ich befand mich an der Seite meiner Mutter, gab ihr zu trinken und fächelte ihr mit einem Palmenfächer Luft zu.

»Laß mich zur Welt kommen, mein Gott…! Damit ich ihnen nicht fehle…«, hörte ich sie mehr als einmal murmeln.

Bevor ich zur Welt kam, hatte ich in ihrem Bauch getanzt. Jetzt bat sie, zur Welt zu kommen, und ich konnte sie nicht in meinem kindlichen Leib bergen.

XV

Ich wußte in jenem Augenblick, daß diese Frau, die mit dem Tod rang, ein absolutes Wesen war.

Der Fluß des Blutes, der die Decken tränkte und ihr das Leben nahm, die langsame Fahrt der Draisine, die Flüchtigkeit des Universums, das mit dem flammenden Gewicht der Sonne auf uns herabstürzte, Vaters Klagelaute, die wie das Brüllen eines Ochsen klangen, dem man die Kehle durchschnitt, ließen Mutter außerhalb der Welt dahintreiben.

Ich beugte mich über sie. Ich drückte ihr einen langen Kuß auf die nasse Stirn.
Ein Orakel steckte in diesem Kuß:
»Mutter, du wirst nicht sterben... Du kannst nicht sterben... Gott und du, ihr seid ein und dieselbe Person... Gott kann nicht sterben... Du auch nicht... Hörst du mich?«
Du auch nicht!

XVI

Ich beobachtete meinen Vater und sah, daß das moralische Leid, die Demütigung und die Ohnmacht ihn ebenfalls ums Leben brachten. Dennoch ließ er nicht nach in seiner übermenschlichen Anstrengung, das Fahrzeug mit dem Auf und Ab des Hebels vowärtszutreiben.
»Wir Armen, Don Lucas, haben nicht das Recht, krank zu werden«, hatte der Patron gesagt, als mein Vater sich zum Gehen wandte, voll innerer Wut, das Gesicht purpurrot, sein Körper zu einem gewaltigen Seufzer aufgeschwollen, der sich zu explodieren weigerte.

Ich sehe noch immer die hakenkrummen Hände meines Vaters, die im Begriff sind, loszuschnellen und sich um den Hals des Patrons zu schließen.

Er wollte dieses wohlwollende Lächeln erwürgen, das eine so erbarmungslose Gleichgültigkeit in sich schloß.
»Nein... Papa!« rief ich tief in meinem Innern.

XVII

Pachico fiel ohnmächtig vor Erschöpfung auf den Boden der Draisine. Vater fuhr fort, den Hebel mit der Präzision eines Metronoms zu bewegen.
Dieser Mann, der sich dort in der Auf-und-Ab-Bewegung krümmte, die trockengeweinten Augen fest auf seine Gefährtin gerichtet, war kein menschliches Wesen mehr.
Er war ein Gespenst mit der grenzenlosen Kraft der Verzweiflung.

XVIII

Die Abenddämmerung wurde plötzlich Nacht. An der Stelle, an der sich das Gesicht meiner Mutter befand, warf jetzt der Mond einen Schatten.
Ich nahm die fast eiskalte Hand und drückte sie heftig. Ich drückte sie so stark, daß sich die blutleeren Lippen meiner Mutter vor Schmerz verzogen, aber auch vor Erleichterung vom größeren Leiden, das sie verzehrte.

XIX

Wir kamen um Mitternacht in Villarrica an.
In einer unerwarteten Geste der Wiedergutmachung hatte der Patron eine Wagenvermietung der Stadt telegrafisch angewiesen, meinem Vater einen Landauer zur Verfügung zu stellen, solange er ihn benötigte.
In dem Landauer, der uns am Ausgang des Bahnhofs erwartete, fuhren wir direkt zum Haus des Doktors Enrique Domínguez. Das Wissen, die Menschlichkeit, die

Passion seines Berufs retteten meine Mutter. Und, warum es nicht sagen, sie retteten auch das Leben meines Vaters.

XX

Wenn man beginnt, an diese Erinnerungen zu denken, dann werden sie nachdenklich, und man wird von ihnen gedacht.
Weil... muß ich es hier sagen? Wie kann man das vor so langer Zeit Geschehene erzählen? Wie kann man erzählen, was gerade geschehen ist?
Die Erinnerung an die Gegenwart ist die trügerischste.
Die Erzählung tut nichts anderes, als sich selbst zu erzählen.

Wichtig sind nicht die Worte der Erzählung, sondern das Geschehen, das nicht in den Worten steckt und gerade die Worte zurückweist.
Man sollte eine Erzählung wie in der mündlichen Tradition erzählen. Jemand erzählt etwas, während ein anderer aufschreibt, was die träumende Erinnerung hinter den Worten hört.

Besser ist noch, rückwärts zu erzählen. Es nach und nach, aber unverzüglich tun. So etwas wie das Licht eines langsam, unveränderlich dahinströmenden Blitzes. Der im Dunkeln stillstehende Blitzstrahl hebt die Altersstufen auf. Er verwandelt einen in den Zeitgenossen der ältesten oder noch nicht existierenden Ereignisse und Personen.

XXI

Der niederträchtigste, aber auch der edelmütigste der Menschen sein, von denen die erfundenen Geschichten wimmeln. Gleichzeitig Mann, Frau, androgyn sein. Der totale Sexus, in seine Kehrseite verkehrt. Die endlose Zahl von Wesen, von Gattungen, in die das menschliche Wesen sich aufspalten kann.

Wenn ich rückwärts erzähle, verwandle ich mich in meinen Vorläufer. Ich bin nichts anderes als mein siebenjähriger Großvater. Ein kleiner Großvater in den Erinnerungen. Beredt im Verschwiegenen. Und so immer weiter, rückwärts, rückwärts.

Die endlose Aufeinanderfolge von siebenjährigen, sechsjährigen, fünfjährigen Großvätern, die immer kleiner werden, bis der letzte im Mutterleib verschwindet.

Der menschliche Embryo schrumpft zusammen. Er wird eine Kugel. Er schwimmt in der Plazenta. Er ist ihr Vollmond. Er hat ein altes Vollmondgesicht. Voller Falten, voller Muttermale, die Flecken von Schwefel gleichen. Ich kann die Haare der Wimpern sehen, die Bartpünktchen im runzligen Gesicht.

Die Nase, die in dem flachen Gesicht noch keine Gestalt angenommen hat, erscheint plattgedrückt zwischen den Knien.

Die Nasenflügel beben wie kleine Kiemen eines Fisches, der dem Aquarium der Fruchtwasserhaut entkommen möchte.

Wenn er stirbt, weiten sich die Pupillen und schimmern düster. Wenn er geboren wird... Ach, wenn er geboren wird! Alles ändert sich.

Wenn das Leben diesen kleinen ungeborenen, schon sie-

chen Körper nicht verläßt, wird sich der lebende Fötus Zeit seines Lebens vorstellen, daß er nicht geboren wurde.
Er wird jeden Tag zur Welt kommen und das Zurweltkommen rückgängig machen müssen. Wer diese Wiederauferstehungen erlebt, wird ein wenig unsterblich durch das viele Sterben.
Das fühlte ich, als ich meine Mutter in der Draisine begleitete.
Später geschah das gleiche mit dem Lehrer Cristaldo.

XXII

»Niemand hat länger gelebt als ein totgeborenes Kind«, sagte in jener Nacht der Lehrer Cristaldo bei der Totenwache eines ungeborenen kleinen Engels.
Er kam jeden Tag in der Morgendämmerung zur Welt. Und verließ die Welt bei Einbruch der Dunkelheit. Wie die schwarzseidenen Knospen der Victoria regia, die er in der Lagune aussäte. Wenn die Sonne unterging, sanken die Blüten zum Schlafen unter Wasser. In der Morgendämmerung trieben die Knospen wieder auf der Wasseroberfläche und streckten sich schwarz und leuchtend dem Sonnenlicht entgegen.
Geboren werden und leben. Wir leben kein anderes Leben als das, das uns tötet. Das war das große Geheimnis des Lehrers Cristaldo.
Ich entdeckte es halbwegs, als ich an jenem Morgen, an dem ich die Lagune schwimmend durchquerte und seine Hütte betrat, um das Geheimnis des kleinen Mannes auszuspionieren, den Zwiegesprächen zu lauschen begann, die er mit seiner toten Mutter führte.

Die Faszination für das Sonderbare ließ mich im ungewissen über die Wahrheit des Lehrers Cristaldo.

ACHTER TEIL

I

Es geschah im gleichen Jahr, als der Lehrer Gaspar Cristaldo nach Iturbe kam.
Manorá war noch nicht gegründet worden. Daran erinnere ich mich gut.
Wir Jungen vom Fluß fingen eine riesige Curiyú-Schlange, die sich in einer Bodensenke zusammengerollt hatte.
Wir heckten einen Coup gegen den Zug aus, weil er drei Monate lang nicht gekommen war. Wir beschlossen, den Zug und die Riesenschlange für ihre jeweiligen Missetaten zu bestrafen.
Es war Leandro Santos, unser Anführer, der die Boa fand und die Rache plante. Die Schlange hatte wahrscheinlich ein Zicklein verschlungen und schlief ihren Verdauungsschlaf wie ein steinernes Knäuel mit ihrem zum Bersten aufgeblähten Bauch.
Leandro kam mit einer Schindmähre und einem Seil. Wir banden es um den aufgeblähten Hals der Schlange, und der Gaul schleppte sie zur Schneise von Piky.
Die Schlange war groß wie eine lange, zu einem Knäuel zusammengerollte Kuh.

II

Genau am Anfang der Kurve, die um die Lagune herumführt, befindet sich ein Geländeeinschnitt und ein Gefälle mit einem Höhenunterschied von zehn Metern. Der Zug fährt ihn in vollem Tempo hinunter.
Der Lokführer kann nicht sehen, was sich hinter der Kurve

der Schneise befindet, weil sie sehr eng ist und in einem dichten Wald liegt.

III

Wir Stammesindianer plazierten die Curiyú-Schlange mit List und Vorsatz. Wir entrollten sie und legten sie quer über die Schienen.

Die Riesenschlange hob gerade nur die Augenlider, aber sie konnte nicht erwachen aus dem Schlaf, den sie in sich trug und der größer und schwerer war als sie.

Wir betrachteten sie fröhlich, wenn auch erschrocken angesichts der Wirklichkeit der Riesenschlange und der Unwirklichkeit des phantastischen Geschehens, das bevorstand.

Leandro holte seine Mundharmonika hervor und stimmte mit kriegerischem Gehabe *Campamento Cerro-León* an, wie vor einer Schlacht.

Wir versteckten uns im Wald und warteten auf den Zug. Er brauchte lange von Maciel bis hierher. Er brauchte ungefähr eine Million Jahre. Endlich hörten wir ihn kommen: tschok... tschok... tschok.

Wir sahen, wie er den Abhang hinunterstürzte.

Wir drückten uns platt auf die Erde, zwischen dem Gestrüpp, und sahen, was man nur in den furchtbarsten Träumen sehen kann.

IV

Der Zug überfuhr die Riesenschlange. Aber die Riesenschlange nahm sogleich Rache. Ihr Körper, zum Zweifachen seiner Größe aufgebläht, bog und krümmte sich in

zwei Hälften über den Zug, umschlang ihn und drückte ihn zwischen seinen Windungen zusammen.
Durch eines der Fenster des Personenwagens steckte sie den Kopf und durch das gegenüberliegende den Schwanz und bespritzte die von Panik ergriffenen Fahrgäste mit Strömen von Blut.
Der kleine, von der Boa zusammengedrückte Zug kam erst nach hundert Metern zum Stehen, als er in der Kurve entgleiste, wobei er in tausend Stücke sprang.
Die Lokomotive hatte sich in die Brücke gerammt.

V

Das teleskopische Auge von Leandro Santos, sein lebhafter, leuchtender Blick sah das Zicklein durch die Luft sausen, das die Schlange verschlungen hatte.
Er erzählte uns die Szene. Er berichtete, daß das Tierchen auf den Kopf einer Frau fiel. Es prallte ab und schoß entsetzt über das Feld davon, wobei es klagende Laute ausstieß.
Leandros Gehör war so vollkommen wie sein Blick.
Die sonore, markige Stimme tönte:
»Mensch, kuckt mal, Leute! Jetzt springt das zweite Zicklein raus!«
Leandros Auge erfaßte immer deutlicher und genauer alles, was auf dem Feld passierte, in seinen winzigsten Einzelheiten.
»Da kommt das dritte Zicklein!« rief er.
Leandro zählte bis sieben.
Er erzählte, daß das Umherirren der Zicklein zwischen den Trümmern des Unglücks nicht ängstlich, sondern frei und fröhlich war.
Die Schlange und der Zug waren genügend bestraft worden.

»Das wär's!« sagte Leandro Santos. »Die tote Curiyú hat die Sternlein des Siebengestirns zur Welt gebracht«

VI

Blutverschmiert sprangen sie jetzt auf den Weiden neben der toten Lagune von Piky umher, wie in einem lebendigen Tanz der Weihnachtskrippe.
Die Sieben Zicklein, herausgeputzt mit dem roten Mantel von Pontius Pilatus.
»Nur ein bißchen benommen sind die sieben Tierchen«, sagte Leandro.

Ich sah verschwommen ein einziges Zicklein, das sich hinkend zum Wald hin entfernte. Und die anderen sechs? Übertrieb Leandro nicht ein bißchen?

Nein; er erzählte die Szene so, wie er sie in all ihren Einzelheiten beobachtete. Die Gesichter der entsetzten Menschen, die Körper, die Kleider, die Schreie, zerrissen und blutverschmiert.
Der beste Schwimmer von Manorá hatte einen schärferen Blick als der Luchs mit dem besten *tesá-pysó* der Welt.

VII

Leandro sah alles. Nur den Mann, der kam, um ihn auf Befehl des politischen Führers der Liberalen, Fidel Enríquez, umzubringen, den sah er nicht.
Susana Fontana, siebzehn Jahre alt und Konkubine des Caudillo, war noch immer bis ins Mark ihrer Seele verliebt in den zwei Meter großen Jungen, der schön war wie

der römische Zenturion, der Christus mit der Lanze stach.
Leandro Longino Santos. So hieß er.

VIII

Sorglos und glücklich ließ Leandro an jenem frühen Morgen, als er zu seiner Arbeit als Kranführer in die Fabrik ging, den Rauhreif unter seinen großen Schritten knirschen und ruderte mit den Armen im Nebel wie inmitten der Strömung des Flusses.

Ab und zu holte er die Mundharmonika aus der Kitteltasche und spielte die Melodie von *Floripa-mí*, der Lieblingspolka Susanas.
Der Polizeioffizier, in Zivil, wartete auf ihn versteckt hinter einem Baum.
»Achtung, Leandro!« rief der Mörder ihm zu, als er ihm aus nächster Nähe in den Rücken schoß.
Leandro, tödlich verletzt, wandte sich zu dem Angreifer um und rief den Namen des Caudillo, um ihn vor den vorbeigehenden Arbeitern seines Verbrechens zu bezichtigen.
»*Kuñá ajeno ko la nde yukaba*!« rief der Mörder und verschwand im Nebel, nachdem er ihm ein weiteres Mal in die Brust geschossen hatte.
Es war nicht der politische Führer Fidel Enríquez, der Leandro hatte umbringen lassen. Die fremde Frau war es, die den riesigen Jungen hatte töten lassen, begierig nach seinen Küssen, nach seiner verbotenen Gegenwart.
Der Name, die Erinnerung an Susana Fontana verschmolzen mit dem Tod von Leandro Longino Santos, da ihre

Körper, ihre Liebe zu Lebzeiten nicht miteinander verschmelzen konnten.

IX

Die Arbeitskollegen versammelten sich. Sie brachten die Leiche von Leandro Santos zur Fabrik. Mit Erlaubnis des Aufsehers hielten sie in jener Nacht dort die Totenwache. Das ganze Dorf zog an dem Leichnam des jungen Mannes vorbei, den eine fremde Frau ermordet hatte.

X

Während er seine Mundharmonika im Angesicht des verunglückten Zuges spielte, betrachtete ich Leandro. Dort stand er wie das sprühende Leben. Niemals hätten wir ihn uns tot vorstellen können.
Ich konnte mich noch nicht lösen vom Anblick der Sieben Zicklein, die nach Lust und Laune auf den Feldern von Piky herumtollten, wie Leandro uns erzählte.
Zu diesem Zeitpunkt waren die Fahrgäste bereits unter Schreien und Klagelauten aus den Waggons gesprungen. Einige rannten wie der Blitz querfeldein. Viele sprangen kopfüber in die Lagune.
Mitten auf dem Feld knieten die Frauen nieder, reckten die Hände flehend zum Himmel und erbaten Hilfe vom heiligen und sterblichen Gott, vom Gott der Streitkräfte, vom Gott der Schutzlosen und Sterbenden.

Die Leute des Dorfes kamen herbeigerannt. Sie drängten sich um die Trümmer. Es herrschte ein höllisches Tohuwabohu. Alle befanden sich außerhalb der Zeit, am Rand der Gegenwart dessen, was geschah.

XI

Es kam der Pfarrer Orrego mit Superpelliceum und Stola, begleitet von den Angehörigen der Bruderschaften, vom Sakristan, vom Chorjungen, und ließ das Glöckchen läuten.

Sie begannen Weihrauch zu streuen und alles mit Weihwasser zu besprengen.

Als wir den Pfarrer sahen, freuten wir uns. Es war die – unvorhergesehene – göttliche Krönung unseres Abenteuers. So, wie es aussah, würde es weder irdische Strafen noch irdische Schuldige geben.

In seiner Predigt sprach der Pfarrer davon, daß Gott die Sünder und Missetäter, die im Zug reisten, bestraft habe. Eine Strafe, die sich auf den Zug selbst ausdehne, Eigentum eines protestantischen Landes, das nichts tue, als das unsere auszuplündern.

»Die fliegende Schlange des Teufels hat den Zug auf ein göttliches Gebot hin angegriffen. In unserem Land ist dies nur einmal geschehen. Es ist nötig, meine Brüder, daß wir eine Lehre aus dieser schrecklichen Erfahrung ziehen, damit sie sich nicht zum dritten Mal wiederholt.«

Der Pfarrer Orrego legte den Keim zu einer Legende, die sich verewigen sollte.

XII

Leandro, schadenfroh auf einem trockenen Halm herumkauend, ging ohne Hast auf die im Aufruhr befindliche Menge zu.

Er hatte verdächtige Gestalten im Gestrüpp gesehen.

Während er sich zum Gehen wandte, sagte er:

»Jetzt werden wir sehen, meine Herrschaften, was man nicht sehen kann.« Er hatte die näselnde Falsettstimme des Gringos vom Markt.
Ohne die Augen und die Stimme Leandros verschwamm die Szene. Die Wirklichkeit setzte aus, nahm eine gestaltlose Schwere an, umweht von einem körperlichen, dröhnenden Wind.

XIII

Man sah nur noch ein Insektengewimmel um die Zerstückelung der Schlange. Größer jetzt als der Zug. Ein wahrer Drache.
Das Haupthaar der Frauen richtete sich wie elektrisiert auf. Harte, schwarze Läuse vibrierten mit metallischen Reflexen auf der Kopfhaut der Menge, verschmiert mit trockenem Blut.

XIV

Leandro kam zurück, den Strohhut zum Scheitel zurückgeschoben. Denselben zerfaserten Halm zwischen den Zähnen.
»Was hast du gesehen?« fragten wir begierig.
Er holte abermals die Mundharmonika aus der Tasche und stimmte sein geliebtes *Floripa-mí* an.
Alle bestanden wir im Chor darauf, was er gesehen habe.

»Nichts«, sagte er, während er die Mundharmonika an seinem Jackenärmel rieb. »Einige Paare treiben es in den Büschen«, erzählte er, als wäre es die natürlichste Sache der Welt. »Sie treiben es, ohne sich die Kleider auszuziehen, einfach so.«

»Und wie?« fragte Telesforo; die offenen Augen ließen das Hirn erkennen.

»Na... mein Freund, nimm dir ein Beispiel... Die Frauen legen sich zwischen dem dornigen Gestrüpp auf den Rükken«, sagte Leandro, auf seinem Halm herumkauend. »Die Männer besteigen sie, und es beginnt das *yerokuá*. Genau wie dein Papa und deine Mama, wenn die Lust sie ankommt. Aber bei denen – nicht mal Lust. Sicher nur aus Angst.«

Leandro lachte über uns mit einem verkniffenen, hämischen Lachen.

Wir standen wie festgenagelt, wir wollten Leandros erfahrene Worte verstehen. Er wußte schon, was eine Frau war.

Niemand würde ihn fragen, wie er es mit Susana Fontana trieb, dem schönsten Mädchen des Dorfes. Da wäre er wirklich böse geworden und hätte mit seinen Händen, die groß waren wie Kanuruderblätter, blindlings Schläge und Kopfnüsse ausgeteilt.

XV

Mein ganzer Körper schmerzte von der Anstrengung, mich an einen anderen Ort zu denken, weit fort von hier. Auch weil ich dachte, ich hätte Manorá nicht verlassen; ich sei noch immer dort; ich würde nicht in diesem Zug fahren, demselben wie früher, demselben wie immer, dem Schnekkenzug, der das Alter der Schildkröten hatte.

Ein dunkles, flinkes, altersloses Männchen ging hin und her, half denen, die es am meisten benötigten, und versuchte, die von Entsetzen erfaßten Leute zu beruhigen.

NEUNTER TEIL

I

Im nächsten Jahr hatten wir schon eine neue Schule.
Der kleine Mann wählte unter den größeren Jungen mehr als hundert Freiwillige und baute das Schulhaus.
Mit Hilfe der Nachbarn und mit den Spenden von Kaufleuten und Großgrundbesitzern war es in drei Monaten fertig.
Es war das schönste Gebäude des Dorfes.
Die Leute aus Iturbe und aus den Nachbardörfern kamen herbeigeströmt, um es zu bewundern.
Signore Octavio Doria, ein Nachfahre der adligen Genoveser Familie des Admirals Andrea Doria, nunmehr bescheidener Baumeister der Fabrik (er war in Wirklichkeit ein ausgezeichneter Architekt), zeigte bewunderndes Erstaunen darüber, was für ein Können und natürliches Wissen der Lehrer beim Bau dieses Gebäudes an den Tag gelegt hatte, das zur damaligen Zeit in dem bescheidenen Dorf undenkbar war.
Woher hatte der Lehrer Gaspar Cristaldo – so äußerte sich Doria gegenüber seinen Freunden – diese echten Mudejar-Elemente und die Rundbögen an den breiten Galerien, die um das Gebäude liefen?
Der *Signore* Architekt Doria berief sich auf den Augenschein.
»Er ist ein Genie, dieser *piccolo*, dieser Kauz!« lobte er mit aufrechter Bewunderung. »Ein Genie kann überall in Erscheinung treten. Und Iturbe ist ein besonders großes zuteil geworden. Ein Leonardo da Vinci von einem halben Meter Größe. *Ma non* ein halber Meter von Leonardo...« Der *ca-*

valiere ufficiale schüttete sich aus in einem dröhnenden Lachen.

Die Wechselfälle des Schicksals und eine leicht undurchsichtige Vergangenheit, die niemand genau kannte und über die nur zunehmend vage Vermutungen zirkulierten, hatten *Signore* Doria nach Paraguay gebracht.
Die tiefschwarzen Augen und der gertenschlanke Körper einer dunkelhaarigen Bewohnerin von Iturbe hatten ihn endgültig im Dorf verankert.
Und sie bildeten auch wirklich ein prächtiges Paar.
Doria wurde allgemein geschätzt wegen seiner sympathischen Art und seiner Rechtschaffenheit. Seine lobenden Äußerungen über das Können des Lehrers Cristaldo waren entscheidend für diejenigen, die in dem kleinen Mann nur einen absurden Spinner sahen.

»Klar«, spottete einer. »Wir alle haben ein bißchen was von einem Genie und einem Verrückten.«
»Schaut ihm beim Arbeiten zu«, sagte der *cavaliere ufficiale* Octavio Doria. »Ich habe nirgendwo etwas Ähnliches gesehen.«

II

Die Behörden beglückwünschten ihn. Sogar der Pfarrer Orrego, dem der sonderbare kleine Mann nicht gefiel, seit er selbst die Geschichte in Umlauf gebracht hatte, er sei ein Mensch, der nicht geboren sei.
Es kamen Inspekteure des Ministeriums für Religion und Öffentliche Bildung. Sie überbrachten ihm eigenhändig seine Ernennung zum Direktor der Grundschule. Etwas, das in Paraguay zum ersten Mal geschah.

Ein großes rotes Lacksiegel und ein Samtband von der gleichen Farbe bezeugten den hohen Rang der Ernennung.
Der delegierte Inspektor machte einen tiefen Bückling, um ihm den Orden der Lehrerschaft anzuheften.
Der Lehrer schien nicht besonders beeindruckt oder bewegt zu sein. Er wirkte eher unangenehm berührt und verdrossen. Er hatte seine Antennen so weit es ging eingezogen. Seine äußere Erscheinung war fast kläglich.
Der Inspektor, vom Pfarrer vorgewarnt, fragte ihn, weshalb er sage, er sei nicht geboren.
»Ich bin weiter nichts als ein erwachsener Ungeborener«, antwortete der Lehrer Cristaldo unwillig.
»Aber warum denn ein erwachsener Ungeborener?« erkundigte sich der Inspektor, der noch immer in gebückter Haltung verharrte und auf die Stiche seines Hexenschusses drückte, mit einer gewissen Verärgerung.
»Weil ich, mein Herr«, erwiderte der Lehrer Cristaldo, »wie alle Welt jeden Tag geboren werde und bei Einbruch der Dunkelheit sterbe.«

Es war zumindest eine etwas rätselhafte Äußerung. Der Inspektor fühlte sich gedemütigt durch die Worte, die er als Dreistigkeit des kleinen Mannes empfand.
Die Beamten schauten sich irritiert und erstaunt an. Niemand verstand etwas. Sie glaubten, durch die Übertragung einer so großen Verantwortung an einen Dorfnarren einen schweren Irrtum begangen zu haben.
Bald sollten wir den wahren Sinn der Worte des Lehrers begreifen.

III

Kaum waren die Beamten gegangen, nahm der Lehrer den Orden ab und verwahrte ihn in der hinteren Hosentasche. Er löste die Siegelmarke ab, um das Material bei seinen Werkstattexperimenten mit den fortgeschrittensten Schülern zu verwenden.

Ich hatte das Glück, einer von ihnen zu sein. Ich sah ihn Stück für Stück die Robotertaube zusammensetzen, die seinen Ruf als Zauberer verstärkte.
Die Taube flog einmal rund um den Platz und setzte sich dann, keuchend vor Erschöpfung, auf den Tisch des Lehrers.
Bei diesen Experimenten war er selbst wie elektrisiert von Energie, konzentriert auf die dunkle Quelle in seinem Inneren, die wie eine schwache Strahlung aus all seinen Poren drang.

Er fuhr mit der Hand über das Federkleid des mechanischen Vogels, der sich sogleich zu beruhigen schien und den Kopf unter den Flügel steckte, als schämte er sich ein wenig seiner Schwäche.

IV

Klein, dunkel, häßlich, war seine Gestalt für uns, die Schüler jener Zeit, die schönste, die am meisten geliebte.
Jenes wunderbar alte Wissen setzte in seinem kleinen Körper eine unberechenbare Kraft in Gang. Er brauchte uns nur anzuschauen, und wir spürten das Vibrieren dieser

Energie in seinen Blicken wie ein Kribbeln in den Augen, in der Haut.
Über uns schwebte eine Art unhörbar tönender Wind, der uns mehr oder minder sagte: es gibt eine Zeit zum Lernen, eine Zeit zum Nicht-Wissen und eine andere zum Wissen; eine Zeit zum Verstehen und eine andere zum Erinnern.
Er kam immer unseren Gedanken zuvor. Er verstand sie und ergänzte sie ohne Worte.
In kurzer Zeit lernten wir Lesen, Schreiben und fehlerlos die vier Grundrechenarten beherrschen.
Bisweilen geriet er in Zorn, weil wir ihn nicht richtig verstanden. Er schaute uns starr an, die Augen glühend wie zwei Karbunkel. Die spitze Adlernase schnaufte mit schwachem, brennendem Verdruß.
»Ihr müßt lernen, schweigend zu sprechen. Sprechen ist nicht denken. Das tote Wort klebt zu sehr an uns. Man muß es in dem leben lassen, was man tut.«
Alles renkte sich sogleich ein, als wäre nichts geschehen und als wäre alles im selben Augenblick geschehen.
Immer zurückhaltend, wortkarg, dem Kommenden auf der Spur, erklärte er gleichwohl ausdrücklich, daß unsere Lachanfälle und Heiterkeitsausbrüche ihm gefielen, selbst wenn die Scherze auf seine Kosten gingen.

V

Eulogio Carimbatá sagte eines Tages zu ihm:
»Sie, Herr Lehrer, sind immer ernst. Sie wirken wie ein Zirkuspferd.«
»Wo hast du einen Zirkus gesehen?« wetterte der Lehrer.
»Nirgendwo...«, antwortete kleinlaut der Stachelfisch Eulogio.

»Tja, ich bin nämlich ein Zirkuspferd«, sagte der Lehrer, ohne mit der Wimper zu zucken.
Wir brachen in schallendes Gelächter aus.
Keiner von uns hatte einen Zirkus gesehen und schon gar nicht einen Lehrer, der ein Zirkuspferd war.
Der Lehrer schritt vom Mythos zur Wirklichkeit.
Er verwandelte sich für uns in dieses unglaubliche Pferd. Er gab ein lautes Wiehern von sich, das in unseren Ohren dröhnte. Er blies eine kalte Luft über die Klasse, die uns alle zum Niesen brachte und uns zwang, die Beine unter den Bänken einzuziehen.
Man hörte das Bocken eines Pferdes im Schulzimmer.
Eulogio fiel mit dem Gesicht auf den Boden, als hätte ihn wirklich der Bocksprung eines Pferdes niedergeworfen.
Wir konnten nirgendwo ein Pferd erblicken.
Man hörte das Geklapper seiner Hufe, als es sich mit einem Sprung über die Umfassungsmauer der Schule entfernte.
Man sah die roten Staubwolken, die der Galopp des unsichtbaren Pferdes in den Straßen aufwirbelte, bis das Geräusch des Galopps nur noch das Zirpen einer Zikade war.
So war der Lehrer. Plötzlich mischte er etwas Unmögliches in die Wirklichkeit. Wir lernten ohne Anstrengung bei ihm. Selbst die größten Dummköpfe. Als könnte man die Wahrheiten des Lebens nur von einer vorgestellten Person lernen.

VI

Als Gaspar Cristaldo auftauchte, existierte Manorá noch nicht.
Iturbe war ein Sumpfland aus Schlamm und Zucker. Wir

hatten das Gefühl, in ein Meer aus gegorener schwarzer Melasse eingetaucht zu sein.

Die Fluten des Hochwassers überschwemmten die Straßen und Wege, drangen in die Hütten, in die Häuser ein, rissen Bäume, Ertrunkene, tote Tiere, Berge von geschnittenem und geschältem Zuckerrohr mit sich fort, die Verzweiflung der verlorenen Ernte.
Der Fluß, Vater und Freund des Dorfes, verwandelte sich in seinen schlimmsten Feind, wenn er sein Bett verließ.
Es gab keinen Arzt. Gaspar Cristaldo versorgte die Leute, ohne etwas dafür zu verlangen. Er kam, wohin man ihn rief, leistete jede Hilfe. Er versorgte die Alten, die alleinstehenden Frauen mit ihren Kindern und ihrem Elend.
Wem in seinem Todeskampf nicht mehr zu helfen war, dem verhalf der kleine Mann, der sagte, er sei nicht geboren, zu einem guten Tod.

VII

Es war damals, daß der Lehrer Cristaldo, von niemandem bemerkt, mitten im Herzen des Dorfes Iturbe den geheimnisvollen Weiler Manorá gründete.
Einen Weiler, unsichtbar wie die Luft, die in den Körper einer Person strömt und sie wieder verläßt und ihr ermöglicht zu atmen, zu leben.

Eine Zeitlang wußte niemand außer dem Lehrer Cristaldo, daß dieser Weiler existierte oder wo er sich befand.
Er gab ihm diesen Namen: *Manorá*. Der-Ort-für-den-Tod.
Gibt es auch einen Ort für das Sterben, so ist doch bis zum Sterben alles Leben.

Dem Lehrer Cristaldo gefielen die Widersprüche.
Er sagte uns, alle Energie der Welt und des Lebens komme aus dem Widerspiel der Gegensätze.

VIII

Manorá begann sich in seiner Existenz bemerkbar zu machen.
Es war da. Im nämlichen Dorf Iturbe (das zuvor Santa Clara hieß und jetzt Manorá). Es nahm denselben Ort ein. Das Grundbuchamt war dasselbe. Es gab keine Grenzlinien zwischen den beiden Dörfern, die miteinander verzahnt, verkettet waren.
Dieselben Häuser. Dieselben Menschen.
Der Fluß, der Wald, der Himmel, die Zuckerrohrfelder, die großen Hügel, der Friedhof gehörten zu beiden Dörfern. Der Lehrer Cristaldo erweckte die tote Lagune von Piky zu neuem Leben, indem er die stinkenden Wasser kanalisierte und reinigende, balsamische Pflanzen in ihnen aussäte.
Die Lagune von Piky verwandelte sich in einen öffentlichen Garten.
An Samstagen und Sonntagen drängten sich die Leute in der Umgebung der Lagune, um diese Düfte einzuatmen und den Pferderennen beizuwohnen.
Der Lehrer war gegen diese Zerstreuung, weil die Besitzer der Pferde große Wetten abschlossen, bei denen zuweilen ganze Landgüter aufs Spiel gesetzt wurden. Die Armen verloren ihre Ersparnisse, und das Dorf wurde noch ärmer.
Die jungen Paare gingen in die nach Jasmin und Reseda duftenden Büsche, um sich zu küssen und sich fast in

Sichtweite und mit Duldung des Publikums zu lieben, als sei es die natürlichste Sache der Welt.

IX

Manorá hatte zum Beispiel wenig mit der Zuckerfabrik zu tun. Hingegen sehr viel mit den Zuckerrohrschneidern, mit den Arbeitern der Fabrik, mit den Leuten der ärmeren Weiler.
Ein anderes Beispiel: Manorá hatte keine Behörden. Weder einen Geistlichen noch politische Führer, noch Parteibüros. All das, was der Stolz Iturbes und die Ursache seiner Übel war.
Der Weiler Manorá trieb seine Bescheidenheit so weit, daß er unsichtbar war, in allem dem Bild seines Gründers gleich.
Iturbe und Manorá unterschieden sich in Wahrheit nicht voneinander, obwohl sie weder im Klima noch in der natürlichen Zeit der Tage und der Jahreszeiten identisch waren.
Die Sonne zum Beispiel ging in Manorá etwas früher auf. Sie ging etwas später unter.
Die Zeit, die ein Sandkorn zum Fallen braucht.

X

Ein Spinnennetz an der Dachrinne einer Hütte konnte Iturbe und Manorá für Sekundenbruchteile in ein und demselben Zittern verbinden.
Wenn der Flügel eines Vogels es bewegte, zitterte das Spinnennetz in der gleichen Zeit und am gleichen Ort in Iturbe und in Manorá. Die Dachrinne war dieselbe, aber sie waren weit voneinander entfernt.

Am nächsten Morgen machte der Lehrer in der Schule ein Experiment mit einem richtigen Spinnennetz. Er stellte Clodoveo Luna an das eine Ende der Galerie und Consagración Capilla an das andere, etwa hundert Meter voneinander entfernt.
»Fertig!« rief der Lehrer.

Aus der Jackentasche holte er einen Kolibri, der in seiner Hand mit den Flügeln zu schlagen begann. Reglos flog er, wie ein blasses Lächeln, das auf den Lippen des Lehrers lag. Er näherte ihn dem Spinnennetz. Das flimmernde Flattern streifte das Spinnennetz, das wie in einem Schauer zu zittern begann.
»Es bewegt sich!« rief Clodoveo Luna in der Ferne.
»Es bewegt sich!« rief Consagración Capilla.

Eulogio Carimbatá protestierte mit seinen ewigen Stacheln, die aus seinem mageren Fischkörper ragten.
»Das gilt nicht!« sagte er. »Die gehen miteinander. Sie haben sich abgesprochen.«

Der Lehrer steckte den Kolibri in die Tasche. Er verteilte zwei weitere Spinnennetze, überkreuz mit den anderen beiden, mit dem Schulgebäude dazwischen.
Er schickte Eustaciano Cabral und Marisa Ayala auf ihre Posten. Jetzt konnten sich die vier nicht sehen.
»Geht ihr miteinander?« fragte der Lehrer.
»Noch... nicht...«, stotterte Marisa.
Der Lehrer holte abermals den Kolibri aus der Tasche. Er führte ihn dicht an das Spinnennetz heran. Das Zittern des Flügels bewegte die Fäden.
»Es bewegt sich!« riefen die vier einstimmig.

Das Spinnennetz der Zeit ist überall dasselbe, sagte der Lehrer Cristaldo. Wenn der Flügel eines Vogels einen Faden streift, bewegt sich das Gewebe der Zeit. Es spürt den Flügelschlag des Lebens. Es gewahrt den Herzschlag des Universums.

XI

Als Manorá berühmt zu werden begann, strömten die Menschen in langen Wagenreihen herbei, um diesen Weiler kennenzulernen, von dem man nicht so genau wußte, wo er sich befand.
Sie konnten ihn nicht finden.
Sie fuhren wieder und wieder um Iturbe herum. Dort stießen sie plötzlich unvermutet und zufällig auf den Lehrer Cristaldo: an der Schule, an irgendeiner Ecke, am Ufer der Lagune, die er in einen See der Wohlgerüche und der Gesundheit verwandelt hatte.
Die Ortsfremden konnten nicht erkennen, daß Manorá und Iturbe ein einziges Dorf waren, aber nicht dasselbe.
Sie fragten die Bewohner. Diese antworteten, das Dorf heiße Iturbe und ein anderes mit dem »Familiennamen« Manorá würden sie nicht kennen.

XII

Und doch gab es tiefgreifende Unterschiede zwischen ihnen. Es bestand kein Zweifel, daß in Manorá trotz seines Namens oder wegen ihm niemand mehr starb.
Zumindest solange der Lehrer lebte. Er hatte ihm diesen Namen wie eine Beschwörung und eine Herausforderung gegeben. Er wußte, daß der Tod eines Tages wieder in die-

ser Gegend auftauchen würde. Aber nicht, solange er dort lebte.
»Der Tod bleibt nie aus, wenn die Stunde kommt«, sagte er, wenn man ihn nach dem Grund des wunderlichen Namens Manorá fragte.
Wer warten kann, lebt. Das war sein Wahlspruch, seine Kraft, sein Zauber.

Das Letzte, was ihm gelang, war die Verbannung des Todes aus dem Dorf. Niemand gewahrte dieses Wunder.
Was er nicht verbannen konnte, waren die Überschwemmungen.

Es starben diejenigen, die das Dorf verließen. Oder diejenigen, die auf kurze Reisen gingen. Sie kehrten weder lebend noch tot zurück. Das Vergessen nahm sich ihrer an.

XIII

Wenn ich von Manorá spreche, dann nicht vom Dorf Iturbe, vom ehemaligen Santa Clara, wie sein erster Name lautete, von Itapé, von San Salvador, von Borja, von Maciel oder von Caazapá, von der Zuckerfabrik, von anderen Nachbardörfern und ihren Bewohnern; nicht sie sind es, an die ich mich erinnere.
Ich spreche von jenem Weiler, der in Iturbe steckt wie der Kern des Herzpfirsichs oder der ovale Same der Mangofrucht, der zerfetzt zurückblieb, wenn wir das gelbe oder rosige Fleisch gierig abgegessen hatten.
Es war egal, ob das geheime Dorf Manorá aus Stein, Holz, Stroh und gepfähltem Lehm gebaut war. Am Anfang glaubten wir Schüler, daß der Lehrer Cristaldo aufgrund

seiner Gewohnheit, sich in Bildern auszudrücken, von einem unsichtbaren Dorf sprach, das im Herzen der Bewohner von Iturbe existierte.
Nicht mit den Augen, den Ohren, durch Tasten oder durch irgendeinen anderen unbekannten Sinn konnten wir die Existenz von Manorá erkennen.
Nur durch Eingebungen des Herzens konnten wir uns diesem Mysterium nähern.

Das beste Beispiel für das, was Manorá war, führte der Lehrer Cristaldo eines Tages im Unterricht vor. An jenem Morgen kam er mit einer Kugel aus einem durchsichtigen, stark glänzenden, von dünnen, übereinanderliegenden Schichten marmorierten Material. Er sagte, es heiße Quarz, ein Bergkristall, der sehr geschätzt werde.
Er ließ uns an seinen Tisch treten. Im Innern der durchsichtigen Kugel sahen wir einen rötlichen Fleck, wie vom Licht der Morgendämmerung beschienen.

Der Fleck verwandelte sich in die Ansicht eines Dorfes. Alle riefen wir wie aus einem Mund: Iturbe!
Wir waren verzaubert. Der Lehrer beobachtete uns. Er betrachtete uns nach dem Gehör und aus dem Gedächtnis. Er richtete seine Augen auf jedes Gesicht, auf die glänzenden Augen der Kinder.
Innerhalb der Ansicht des Dorfes kam ein anderes, sehr ähnliches zum Vorschein, wie sein Schatten und Widerschein.
Alle riefen wir wie aus einem Mund: Manorá! Wir waren sprachlos.
Der Lehrer sagte kein Wort. Er genoß unsere Überra-

schung. Aber in seinem Gesicht lag auch etwas wie der Schatten einer Besorgnis.
»Die Quarzkugel ist also die Welt«, sagte leicht spöttisch Eulogio Carimbatá. »Im Innern der Kugel gibt es zwei Dörfer, von denen das eine im anderen steckt...«

XIV

Wir traten noch näher. Da sahen wir, daß über Manorá schon die Sonne schien. Iturbe lag noch ein wenig im Dunkel des gerade anbrechenden Tages. Die Fabrik und der Kamin erschienen umgekehrt. Die großen Zuckerrohrfelder schienen aufgestiegen zu sein und wogten in der Morgenröte, die die Wolken färbte.
Die mit Zuckerrohr vollbeladenen Karren bewegten sich langsam, knarrend, mit dem müden Schritt der Ochsen auf die Zuckermühle zu. Die Schatten der Wagenführer, die auf den Zuckerrohrbündeln saßen, und der kleinen Ochsentreiber, die vor den Ochsen liefen, fielen riesengroß auf das Feld, das seine Ränder verloren hatte. Und all dies fand Platz in der kleinen Rundung einer Kugel aus Glas, das dunkel und durchsichtig zugleich war.
Die kleine, runzlige Hand des Lehrers Cristaldo fuhr zwischen die Köpfe und bemächtigte sich der Quarzkugel.
»Geht jetzt nach Hause, nachdenken«, verabschiedete er uns, als würde er Fliegen verscheuchen...

ZEHNTER TEIL

I

Mit den Schülern der Schule baute der Lehrer Gaspar an den Samstagen, Sonntagen und gebotenen Feiertagen ein Kolumbarium auf dem Friedhof.
Der Lehrer erklärte ein wenig alte römische Architektur. Er sprach über das Kolosseum, das große kreisförmige Amphitheater, in dem die Christen den wilden Tieren vorgeworfen wurden und die Gladiatoren miteinander und mit den Tieren zu Ehren des Caesar-Diktators kämpften, damit die Leute sich ein bißchen amüsierten und das Imperium nicht der Langeweile verfiel.
Das Kolumbarium hingegen, erklärte der Lehrer, sei ein Mausoleum, in dem die Römer Urnen und Grabgefäße aufstellten. Er sagte, wir würden ein Kolumbarium für die Lebenden bauen, aus dem der Gedanke des Todes für immer verbannt wäre.

Das Kolumbarium wurde in kurzer Zeit beendet.
Ebenso wie die Schule war das Kolumbarium das schönste Gebäude des Dorfes. Es hätte auf dem Dorfplatz statt auf dem Friedhof stehen können.
Mit diesem Gebäude voll Anmut, Farbe und Leben hätte der Friedhof selbst auf dem Dorfplatz glänzen können, statt des häßlichen Pavillons aus Holz, Stroh und Lehm, der sich gegenüber der zerfallenen Kirche erhob.
Nach den Regenfällen sah das Kolumbarium aus wie ein riesiges durchsichtiges, vielfarbenes, frischgelegtes Ei. Die Vertiefungen der leeren Nischen ließen den Eindruck entstehen, als wäre das Kolumbarium von einem ebenfalls durchsichtigen Kolosseum umschlossen.

Die Schwalben, die aus der Kälte kamen, webten ihre Nester in den Nischen. Sie ernährten ihre Jungen, indem sie an den Talgkerzen und an den *ka'í-ladrillo*-Kuchen pickten, die wir als Geschenk für die Seelen im Fegefeuer und für die Küken der Schwalben und Spatzen dort hinstellten.

Wir Schulkinder waren stolz auf das Meisterwerk, das der Lehrer uns hatte schaffen lassen.
Er stimmte heiter, der Anblick dieser Reihe von Nischen, die alle leer waren und geschmückt mit Leisten und Filigranen im arabaischen Stil, die der Lehrer mit den Färbemitteln des Waldes rot, blau, schwarz und gelb gefärbt hatte. Sogar das Schwarz des Hagedorns war lebhafter und heiterer als das Purpurrot des Ruku oder Orleanstrauchs. Weniger trist als das Himmelblau des Bleiquecksilbers, das der trüben, bläulichen Farbe des blinden Auges gleicht.
Ein Glück, um es immer anzuschauen und zu erinnern.
Dort lernten wir, daß der Tod nicht existiert, wenn man den toten Körper nicht sieht.
Wenn es nichts zu beerdigen, nichts unter der Erde zu erinnern gibt, herrscht und gebietet das Leben über alles.
Die leeren Nischen mit einer Blume und einer kleinen brennenden Kerze vertrieben den Tod. Als forderten sie ihn heraus:
»Weg da, du Faulenzerin!«
Wir verstanden nicht, wir wollten nicht akzeptieren, daß mit dem Tod alles ohne Hoffnung endet. Als könnte die Seele der Verstorbenen nur unter der Erde sein, wie die der Tiere. Oder im Wasser, wie die der Ertrunkenen.

II

Früher war das Leben in Manorá ein Fest für uns, die Schulkinder. Der Lehrer Gaspar wachte über uns.
Jedem Kopf sein Gehirn, sagte er.
An den Sonntagen und gebotenen Feiertagen gab der Lehrer den kleinen Blumengefäßen einen neuen Anstrich, mit anderen Farben, so daß sie immer neu und leuchtend waren. Er stieg bis zu den Säulenkapitellen und den kleinen Kuppeln des Kolumbariums hinauf, um sie anzumalen. Einmal stürzte er von oben herunter, aber er fiel auf die Füße, wie die Katzen, ohne den geringsten Schaden zu nehmen.
Wir Schüler fegten das Kolumbarium, das einer vielfarbigen Honigwabe, einer silbernen Schmuckschatulle, einem von den Streifen des Regenbogens durchquerten Bienenkorb glich, und brachten es vor Sauberkeit zum Glänzen.
Wir schwebten zwischen dem Lebendigen und dem Gemalten.

Jede Woche kam der Zug auf der Hin- und Rückfahrt mit langen grüßenden Pfiffen für das Kolumbarium und die Schule vorbei.
Der Lokführer nahm die schwarze Mütze mit dem glänzenden Schirm aus Wachstuch ab und rief: »Grüß dich, Lehrer Cristaldo!... Grüß euch, Jungs!«
Auch die Fahrgäste grüßten uns mit fröhlichen Rufen; sie lehnten sich mit dem halben Körper zum Fenster heraus und husteten inmitten des Rauches.
In jener Zeit schien uns, daß Iturbe und Manorá durch den kleinen, unbedeutenden Zug, der die eiserne Grenze hin-

auf- und hinabfuhr, aus ihrer Isolation heraustraten und sich mit dem übrigen Land verbanden.
Die Vogelgestalt mit Rädern und die Pfiffe des Zuges waren für uns, die wir keinen anderen Zeitvertreib hatten, als ihn mit seinem riesigen Schweif aus Rauch vorbeifahren zu sehen, die Dinge, die wir am meisten liebten.
Der Lärm des Zuges hallte die ganze Zeit im Dorf wider, wie ein Beben der Erde und des Glücks. Wir hörten ihn sogar während des Schlafs in uns.

III

Der Lehrer wies jedem Schüler die Nische zu, um die er sich kümmern sollte. Und wehe dem, der vergaß, seine Blume in die Blumenvasen aus Keramik zu stellen, die der Lehrer hergestellt und angemalt hatte!
Wir Jungen füllten die leeren Nischen mit unserem eigenen Begehren. Die Größten mit dem erträumten Bild ihrer Bräute oder ihrer heimlichen Verlobten.
Bisweilen sogar mit der Verlobten des Freundes.
Die Mädchen waren ehrlicher und verträumter. Sie legten die Bilder ihrer Lieblingsfilmschauspieler hinein, ausgeschnitten aus Zeitschriften, die dann und wann aus Villarrica kamen.
Ich legte in die Nische, deren Pflege mir anvertraut war, das Bild von Lágrima González, die zeitlebens, bis zum Alter von dreizehn Jahren, meine Braut gewesen ist.
Wegen ihres Duftes und wegen der Bemalung war meine Blume wenig wert.
Lágrima ging im Alter von fünfzehn Jahren nach Villarrica, um weiter die Schule zu besuchen.

Dort kam sie auf den Gedanken, sich anderen Dingen zu widmen.

IV

Lágrima war übervoll von Leben, von Reisen, von ich will es jetzt, von Platz da, jetzt kommt die Schönheit. Ihr Gesicht sah aus, als hätte sie nie geseufzt.
Sie war zu dirnenhaft. Körperlich ausgelassen. Unzüchtig und verlottert vom Bauchnabel abwärts. Sie war das einzige Mädchen, das wagte, mit den Jungen nackt am Strand zu baden, wo sie sie mit schlenkernden Hüften und Brüsten beim Bauchtanz in Versuchung führte.

Sie war nicht dazu bestimmt, in der Blüte ihres Lebens in eine Grabnische eingesperrt zu werden wie die Eintagsblume in ein angemaltes Blumengefäß.
Sie war nicht dazu geschaffen, das Zarte des Lebens zu fühlen und zu träumen. Ihr gefiel es, alles mit der Haut zu berühren.
Lágrima war imstande, in ihrer Bedrängnis sämtliche Knoten mit Zähnen und Klauen zu lösen, so hart und dicht sie auch sein mochten.
Deshalb liebte ich sie.

Als ich erfuhr, daß sie sich in eine Dirne verwandelt hatte, liebte ich sie um so mehr. Sie hatte ihren Weg gefunden. Sie hatte sich selbst gefunden.

Ich stellte ihr weiterhin in ihre Blumenvase die schönste Rose, benäßt vom Morgentau und von meinen nächtlichen Tränen. Ich sandte ihr einen Kuß auf jedem Blütenblatt.

Ich litt nicht für sie. Ich wußte, daß Lágrima niemals etwas oder jemand fehlen würde. Ihr würden keine Männer fehlen. Verlorene Jungfräulichkeit hat immer ihren Mann gefreit, sagte *Signore* Octavio Doria, wenn er sie mit dem sanft wiegenden Gang eines leicht verrückten Zickleins vorbeigehen sah.

Ich wußte, daß nichts ihr warmes Blut eines jungen Tieres, das zum Leben geschaffen war, beschmutzen oder verderben konnte.

Sie hatte viele Namen, viele Decknamen. Einen neuen für jeden neuen Liebhaber. Hortensia, Idomenea, Sulama, Florinda, Ninón, Filomena, Leticia.

Sie blieb bei Lágrima, dem fröhlichsten, dem, der am besten zu ihr paßte.

V

Der Lehrer hatte auch einen Limbus voller Gestalten: sie wohnten in den Büchern mit erdichteten Geschichten, die er gelesen und geliebt hatte.

Im ganzen Dorf gab es keine Bibliothek.

Es gab sehr wenige – um nicht zu sagen niemand –, die in ihrem Leben ein Buch dieser Art gelesen hatten. Und noch weniger, die gewußt hätten, was ein Buch bedeutet.

Der Limbus des Lehrers Cristaldo war genau *das*: ein Ort, der den Träumen glich, außerhalb von Raum und Zeit, wo die Gestalten der erfundenen Geschichten lebten.

Sie lebten dort, immer in der Gegenwart, in den Lebensstadien nach dem Tod, die nur die Gestalten der Phantasie leben können.

Dieser Limbus war ein Aufbewahrungsort des kollektiven Gedächtnisses. Der mächtige Geist des Lehrers Cristaldo hatte einen dieser Orte errichten können, deren die Völker so sehr bedürfen. Er befand sich in der unterirdischen Höhle unter der Lagune.

Er nannte ihn ›meine Seelenschenke‹.

Wir Schulkinder wußten von dem Kult, den er mit den Gestalten trieb, die in den Büchern lebten und deren Abenteuer jedesmal begannen, wenn jemand ein Buch aufschlug und es zu lesen begann.

Bisweilen brachte er diese Bücher mit, um sie uns vorzulesen, uns ihre Geschichten zu erzählen. Um, ausgehend von ihnen, andere zu erfinden. Um uns anzuregen, einen Limbus zu schaffen, der nicht in Höhlen verborgen wäre, sondern der Gemeinschaft offenstünde.

»Es gibt viele, die die Bücher hassen«, sagte er mit einem bitteren Zug um den Mund. »Sie wären imstande, sie zu verbrennen. Der Caudillo Fidel Enríquez wäre als erster von der Partie. Nichts demütigt die Unwissenden mehr als ein Buch.«

Keiner von uns, nicht einmal unter Androhung der Todesstrafe, hätte das Geheimnis des Lehrers offenbart.

Wir waren die Teilhaber seines weisen Lebens.

VI

Der Sakristan spionierte den Lehrer aus und entdeckte das Geheimnis der merkwürdigen Leute, die er in der Höhle versteckt hatte.

Ohne sich lange zu besinnen, hinterbrachte Don Gumercindo dem Pfarrer den unvermuteten Fund dieser verborgenen Schar, die nicht die Schar der Gläubigen war.

Es gab großen Aufruhr im Dorf.

Mit Beistand des Richters und des Bürgermeisters führte

der Pfarrer, in das Begräbnisornat gekleidet, die Prozession der Bruderschaften an.
Der Caudillo Fidel Enríquez, Anstifter des Todes von Leandro Longino Santos, eskortierte ihn mit seiner Schwadron berittener Gendarmen auf ihren prachtvollen Füchsen.
Der Pfarrer Orrego gelangte bis zur »Schenke der Lasterhaften«, die unter der Lagune verborgen lag.
Feierlich ordnete er an, diese »Höhle des Teufels« zu schließen – so sagte er in seiner vehementen Predigt –, »in der der Lehrer Gaunern und Missetätern aus gotteslästerlichen und frevelhaften Büchern unter seiner Führung Zuflucht gewährt hat«.
»Vade retro, Satanas!« fuhr der Pfarrer den Lehrer an. »Sie sind ein verfluchter Sklave des Teufels!«
»Auch wenn ich ein Sklave bin und nicht geboren, so habe ich doch eine Seele«, erwiderte der Lehrer sanft.
Die Gestalten weigerten sich, den Ort zu verlassen.
Sie stellten eine Gegenprozession auf, angeführt vom Allmächtigen Francia persönlich. Dieser ließ einen Erlaß gegen den Amtsmißbrauch der Behörden verlesen.
Der die Trommel der Verkündigung schlug, war der Regimentstrommler Efigenio Cristaldo, Urgroßvater des Lehrers Gaspar. Man sah den großen schwieligen Buckel auf der Brust, der durch den scharfen Rand der Trommel entstanden war, nachdem er sie Tag und Nacht mehr als fünfzig Jahre lang geschlagen hatte.
Der Allmächtige Francia forderte mehr Energie und Rhythmus von dem alten Trommler. Es war deutlich, daß er sich endlich vor dem Volk zur Geltung bringen wollte, er, der seinerzeit der gebildetste, der mächtigste Mann Paraguays gewesen war.

Die flackernden Augen des Allmächtigen Diktators, der tiefschwarze Nackenschopf, der Glanz der goldenen Schuhschnallen des Doktors und Diktators erschreckten die Demonstranten, die in Panik auseinanderrannten.

VII

Die Schar floh in alle Richtungen, begleitet vom Klang der Karwochenklappern, die der Sakristan und der Chorknabe bei der Flucht schwenkten.
Die Rebellion der erfundenen Gestalten hatte gesiegt. Sie hatten, dieses eine Mal, mehr Glück als die Bauern und Arbeiter, deren Revolten eine wie die andere von den Truppen und den Panzerwagen niedergeworfen wurden.

VIII

Ein ganzes Stück Weges verfolgten Don Quijote, mit eingelegter Lanze auf seiner Rocinante sitzend, und Sancho Panza auf seinem Esel, seinen Quersack mit Brot und Käse gefüllt, von kläffenden Kötern gehetzt, die gescheiterten Invasoren.
Hinter dem Ritter vom grünen Mantel marschierte die vielköpfige, kampferfahrene Legion der Buendía aus Macondo, Experten in Kriegen und Revolutionen.
Düster, tragisch, todesgewiß liefen die Gestalten aus Santa María, dem Ort, den der Uruguayer Juan Carlos Onetti gegründet hatte. Sie trugen auf der Brust, als Anhänger, den Beutel mit der kleinen Handvoll Kalk und Asche ihres Schöpfers, der nicht in das Land seiner Geburt, nicht einmal in den illustren, mythischen Ort zurückkehren wollte, den er gegründet hatte, und es vorzog, sich in fernen Landen in Rauch zu verwandeln.

Die Babosa aus Areguá, vogelscheuchenhaft, im Unterrock der Bosheit, schleppte ihre Meute von Furien hinter sich her, dem Buch von Gabriel Casaccia entsprungen. Die eumenidischen Knochen klapperten und machten mehr Lärm als die Karfreitagsklappern, die der Sakristan und der Chorknabe schwenkten.
Den Schluß des Zuges bildeten Juan Preciado und Susana San Juan. Ihnen folgte Pedro Páramo, tot, verwandelt in einen Haufen Steine, eingeschlossen in einen Sack aus Distelfasern und mit dem langen Schweigen der Toten.

Abundio Martínez, der andere natürliche Sohn Don Pedros, trug das schwere Bündel heftigen Grolls über der Schulter, in der Hand das noch immer vom väterlichen Blut gefärbte Messer.
Als Abundio am Rand der Lagune vorbeikam, warf er den Beutel mit den Steinen ins Wasser.
Wie von einem glühenden Eisen durchbohrt, kochte das Wasser kurz auf in einem Wirbel aus Schaum und Dampf.

In dieser Fumarole, die einen Augenblick lang die Lagune von Piky zum Schäumen brachte, verdunstete der Herr aus Comala.
Es blieb seine Gestalt in dem unvergleichlichen Buch, das der Lehrer Cristaldo zu seinen bevorzugten zählte, geschrieben von den neuen Völkern, damit die Menschen lesen.

IX

Er verschloß die Höhle wieder mit den großen Steinblökken, die als Tür dienten. Wir Schüler, an die Hundert, kehrten höchst vergnügt mit dem Lehrer in die Schule zurück, um den vom amtsgewaltigen Aufruhr unterbrochenen Unterricht wieder aufzunehmen.

ELFTER TEIL

I

Wir Schulkinder waren alle neugierig auf den im Dunkeln liegenden Teil des Lebens des Lehrers.
Wir wollten vor allem wissen, was er nach Einbruch der Dämmerung tat, eingeschlossen in seine Pfahlhütte, winters wie sommers. Nur wenn es sehr heiß war, ließ er das kleine Fenster angelehnt, das auf den dichtbelaubten Tarumá-Baum am Ufer hinausging.
Niemand traute sich indes, das einsame Haus auszuspionieren. Noch der Verwegenste hätte es als einen Mangel an Respekt und Rücksicht empfunden, wenn nicht als einen Akt wahrer Entweihung.
Ich wagte es, ihn zu begehen.

Verborgen zwischen den Hecken aus Klatschmohn und Wasserpflanzen, die die Lagune wie eine Verteidigungslinie ihrer Einsamkeit, ihres Strebens nach nächtlichem Rückzug säumten, machte ich mich daran, das Haus des Lehrers auszuspionieren.
Die Schläge meines Herzens dröhnten in meinen Ohren unter dem Druck einer panischen Angst vor dem Unbekannten.
Ich tat es mehrere Male ohne jedes Ergebnis.

II

Am Anfang beschränkte ich mich auf eine zaghafte, ängstliche Umrundung der Lagune in der warmen Abenddämmerung des Sommers, um den geeignetsten Blickwinkel zu suchen.

Meine Neugier und mein Wagemut wuchsen mit der Zeit.

Ich wurde immer verwegener. Ich näherte mich heimlich der Lagune, kletterte auf den dicken Tarumá-Baum und belauerte das stets geschlossene Fensterchen.
Ich fand einen günstigen Posten in der Öffnung, die ein Blitz vor langer Zeit in der Mitte des Stammes, sozusagen in den Eingeweiden des Baumes, hinterlassen hatte.
Der Blitz brachte ihn nicht um. Er gab ihm ein Bewußtsein seiner Stärke. Immer grün, immer dichter belaubt, stand er dort wie ein Wachtposten der toten Lagune.
Die ovale Höhlung im Baumstamm war fast wie eine Burgzinne. Sie diente dem einzigen Bewohner, der in der Pfahlhütte lebte, als Briefkasten.
Jetzt diente sie mir als Warte.
Für mich, den Zuschauer und Spion, war das hohle Innere des Baums ein Sitz, den die hilfreiche und vielleicht von Vorahnungen geleitete Tat des Blitzes absichtlich dort eingerichtet hatte.
Die Arbeit der Termiten hatte nichts anderes getan, als die Höhlung porös zu machen und zu polstern, so daß sie weich und bequem war wie ein Sessel.

III

Reglos, versteinert vor Neugier und Angst, mochte ich einem jungen Uhu gleichen, der sich im Blätterwerk verborgen hielt. Meine Augen, glänzend von der ungesunden Gier, die mich verzehrte und zugleich meinen heftigen Wunsch nährte, waren fest auf das Rund des Fensterchens gerichtet, das kleiner war als das Bullauge im Kielraums eines Schiffes.

Während einer dieser Dämmerstunden bewirkte der Zufall oder die Hartnäckigkeit meiner Obsession, daß die gemeine Tat belohnt wurde.
Das kleine Fenster stand halb offen. Es wehte nicht das geringste Lüftchen. Die ölige Wasseroberfläche übertrug mit aller Deutlichkeit die schwächsten Geräusche, selbst das Sirren des Kolibriflugs.

Auf einmal war mir, als befinde sich mein Beobachtungsposten in dem riesigen Baum auf einem unsichtbaren Viadukt, dessen Schwingungen auf meiner Haut nachzitterten.
Plötzlich hörte ich die Stimme des Lehrers. Er sprach mit einer Frau.
»Gott!« sagte ich. »Das kann nicht sein!«
Ich erschrak so sehr, daß ich fast von der Astgabelung gestürzt wäre, auf der ich saß.
Ich wollte mich fallen lassen und fliehen.
Die wilde Angst wurde zum Schrecken des verletzten wilden Tieres und lähmte mich.
Ein großer Lärm fiel über mich her.
Der Zug fuhr durch die Kurve der Lagune, von Funken gekrönt, die Fenster im Dunkel erleuchtet, wie eine unwirkliche Erscheinung.
Dieser Zug tauchte in den ungelegensten Augenblicken auf. Plötzlich erschien er wie aus dem Boden, der Zeit, dem Schrecken gestampft. Da wir ihn so oft hatten vorbeifahren sehen, hatten wir uns schon daran gewöhnt, ihn nicht zu sehen. Vor allem ich, in diesem Augenblick und von diesem Ort aus, an dem ich Todesängste ausstand.
Die unvernünftige Neugier war stärker als die Vorsicht. Diese klebrige Masse in meinem Innern bannte mich auf

den improvisierten Parterresitz, vor mir die gespenstische Bühne, die sich plötzlich durch einen unglaublichen Zufall vor mir auftat: das angelehnte kleine Fenster, das zitternde Licht der Öllampe, die die Szene beleuchtete, ohne die Personen zu zeigen.

IV

Die brüchige Stimme des Lehrers klang wie die eines Kindes. Oder wie die eines noch kleineren Wesens. Aber es war seine Stimme, zweifellos, erkennbar trotz der sehr hohen und zuweilen fast weinerlichen Tonlage, die sie jetzt hatte.

Die Stimme der Gesprächspartnerin gehörte einer jungen Frau, die mit sanfter, aber fester Autorität auf die drängenden Fragen des Kindes antwortete, das wie ein Erwachsener mit Falsettstimme sprach.

V

Es sagte das Kind oder wer auch immer das geheimnisvolle kleine Wesen war:

»Wenn Sie mir sagen, daß ich nicht so weit zurückdenken kann und daß ich zu groß bin, um die Zeit mit kindlichen Spinnereien zu verlieren, dann schweige ich nur nach außen hin.

Da niemand da ist, mit dem ich über diese Dinge sprechen kann, da auch Sie mir nicht zuhören wollen, rede ich eben mit mir selbst... Ich kann meine Worte vergeuden. Wozu mein Schweigen vergeuden... Ich umklammere den Stützpfosten, drücke den Mund gegen die Bretter und fühle, wie sich in seinem Innern meine Worte mit dem Geschmack von verfaultem Holz, vom sauren Saft der hellen Kakerlaken bewegen, die bis hierher gekommen sind..., wie mögen sie wohl die Lagune überquert haben..., es sei denn, sie sind mit dem Boot gekommen... Es sind Kakerlaken oder irgendwelche anderen Insekten der Pflanzen... Ich kaue ein wenig auf ihnen herum und lasse sie nach oben hinken... Sie klettern nach oben und verheddern sich in den Spinnweben des Daches...«

VI

Ich konnte mich nicht fassen vor Staunen. Es wuchs noch, als ich die Frau sprechen hörte:
»Und Sie, hören Sie, brummen Sie nicht mehr diese Dummheiten in den Bart... Schlagen Sie nicht mehr den ganzen Tag diese verfluchte Trommel... Genau wie Ihr Urgroßvater... Seien Sie nicht halsstarrig... Wegen Hohlköpfigkeit werden Sie Ihr Leben ruinieren, wie Ihr Vater mit der Gitarre..., wie Ihr Urgroßvater Efigenio, der Trommler des Allmächtigen Diktators war... Er schlug die Trommel Tag und Nacht bis zum achtzigsten Lebensjahr... Bis eine Schwiele ihm auf der Brust wuchs, groß wie ein Buckel, weil er den scharfen Rand des Instruments so lange an sich gedrückt hatte... Als er durch die Schuld des Buckels das Trommelfell nicht mehr erreichte, bat er den Allmächtigen um den Abschied... Er ging Victoria regia im Ypoá-See pflanzen... Holen Sie die Kühe aus dem Pferch, statt hier Unsinn zu faseln wie diese mondsüchtigen Spinner aus der Calle Luna...«

Das kleine Kind unterbricht sie:
»Es drängt mich, von den Erinnerungen vor der Geburt zu

sprechen… Es gibt nicht viele… Es sind nicht eigentlich Erinnerungen… Weil ich noch immer da bin… in Ihrem Leib… wie vor der Geburt… und noch danach… Ich habe niemanden, mit dem ich über diese Dinge sprechen kann… Die Jungen meines Alters, die böse sind aus einer Bosheit, die größer ist als sie, haben rasch gelernt, über mich zu lachen…, mich alle zusammen dumm zu machen mit ihrem Geschrei wie von Papageien am Ufer… *Ungeboren hier… Ungeboren da…*«

Die wütende Stimme der Frau:
»Woher haben Sie diese Dummheiten, die Gott beleidigen, die mich selbst beleidigen?… Wie kommen Sie Dickschädel darauf, daß Sie jetzt, da Sie alt sind, noch einmal geboren werden können?… Was soll dieser unvernünftige Gedanke, daß ein alter Ungeborener wie Sie in den Leib seiner Mutter zurückkehren und noch einmal geboren werden kann?«
Die Stimme des kleinen Kindes wurde sanft und ging in Weinen über:
»Señora, nehmen Sie es nicht übel. Sogar der Pfarrer von San Rafael hat in der Sonntagsmesse die Worte Jesu an Nikodemus erwähnt: *Wahrlich, wahrlich, ich sage dir: Es sei denn daß jemand von neuem geboren werde, so kann er das Reich Gottes nicht sehen…* Ich bin nicht ungeboren… Ich bin von Ihnen geboren worden, und das wird immer so sein, bis ich sterbe… Ich kehre jede Nacht in Ihren Leib zurück… Bei Tagesanbruch werde ich geboren…«

Man hört das Echo von zwei kräftigen Ohrfeigen.

Die Stimme der Frau, immer heiserer und zorniger:
»Hören Sie auf mit diesem Unsinn…, Sie sind schon eine Weile dem Flegelalter entwachsen… Seien Sie nicht widerspenstig… Ich werde Sie in die Kaserne stecken müssen, damit man Ihnen diese Launen mit dem Krummsäbel austreibt… Werden Sie endlich ein Mann, auch ich kann Sie im Stich lassen… Dann weiß ich nicht, wie Sie zurechtkommen werden in Ihrem Alter, ein Nichtsnutz ohnegleichen… Dem verwaisten Kalb weder eine fremde Mutter noch geschenkte Biestmilch…«
Die Stimme des kleinen Kindes, klagend, schmerzerfüllt, den Rotz der Verzweiflung hinunterschluckend:
»Machen Sie mich nicht zum Waisen, Señora, bevor ich geboren werde… Lassen Sie mich nicht das Leben hassen, bevor ich es kenne… Mein Leid wächst mehr als Ihres…«

Es folgte eine lange Pause. Man hörte Schluchzer der Frau und des kleinen Kindes.
Die Stimme des Kindes, gefaßt und resigniert:
»An einem der nächsten Tage werde ich zur Brücke gehen, um das Gedröhn des vorbeifahrenden Zuges zu hören… Ich werde den Kopf ins Wasser tauchen… Ich werde ihn wie immer dicht an den Pfahl halten, aber ich werde nicht den Strohhalm in den Mund nehmen… Ich werde dem Gedröhn mit zusammengepreßten Zähnen lauschen, bis der ziehende Schmerz des Lärms in meinen Knochen vergeht, zusammen mit den anderen Geräuschen, die ohne Unterlaß in mir klopfen…«
Und mehr weiß ich nicht.

Ein Schwindel brachte mich ins Trudeln, und ich fiel auf die knotigen Wurzeln des Tarumá-Baumes. Ich erwachte aus der Ohnmacht in einer Art Trichter, der sich mit großer Geschwindigkeit um mich drehte und mich mit sich riß. Ich erinnere mich nicht, wie ich nach Hause kam.

VII

In den folgenden Tagen änderte sich dem Schein nach nichts, aber es änderte sich alles.
Ich kehrte zwei- oder dreimal auf meinen Posten im Tarumá-Baum zurück. Es war immer der gleiche Dialog zwischen der Frau und dem kleinen Kind. Als würden sie in steter Wiederholung eine Aufnahme der Szene abspielen.
Es war keine Aufnahme. Das gesprochene Wort läßt sich nicht wiedergeben. Es spricht oder schweigt.
Es war auch nicht denkbar, daß der Lehrer sich bei diesem einsamen Ritual, mit dem er sich in jeder Abenddämmerung geißelte, als Bauchredner in Szene setzte.

Der Dialog wechselte plötzlich zu anderen Themen.
Die eifersüchtigen Proteste des kleinen Kindes gegen den toten Vater, weil dieser ihn seines Rechts berauben wollte, den Platz im Mutterleib einzunehmen. Der große tote Mann wollte ihn ganz für sich, für sich allein.

An diesem Punkt konnte das verzweifelte Zwiegespräch jede Wendung, jeden Ton nehmen. Von der wehleidigen Anschuldigung des kleinen Kindes bis zum Zorn der Mutter, zu ihrer Empörung, ihrer entschiedensten Ablehnung. Aber auch zur äußersten Sanftheit der Zärtlichkeit zwischen Mutter und Sohn.
Zur Angst und Traurigkeit beider angesichts der Unvermeidlichkeit der vollständigen und endgültigen Trennung.

VIII

Mir schien, als würde ich ganz flüchtig den Kopf der Frau sehen, der sich, bedeckt von einer zerrissenen dunklen Mantille, den dürren Ärmchen des Kindes entgegenneigte, das an ihrem Rock zerrte.

Einmal erleuchtete das flackernde Licht der Öllampe flüchtig das Profil eines totenschädelartigen Gesichts. Ich schloß nicht aus, daß es ein Reflex des Schwindels sein konnte, in dem ich versank.

IX

Ich würde niemandem erzählen, was ich in jener Nacht gehört hatte. Niemand würde mir die Niederträchtigkeit verzeihen, die ich begangen hatte.
Niemand würde die spektakuläre »Enthüllung« glauben oder gar akzeptieren: man würde sie als unglaubliche Lüge betrachten, als Schandtat des »vorlauten, naseweisen Kindes« der Zuckerfabrik, das darauf aus war, auf Kosten des Lehrers Cristaldo gegenüber den anderen zu prahlen und ihn noch mehr mit den Behörden zu verfeinden.

Ich hatte mich in eine Sackgasse begeben und wußte nicht mehr, wie ich aus ihr herauskommen und meinen Fehler wiedergutmachen konnte.
Ich überließ mich der Reue und der Selbstbezichtigung. Sie waren um so demütigender, als der Lehrer, zumindest dem Anschein nach, nicht das geringste Zeichen eines Verdachts gegenüber jemandem im besonderen und schon gar nicht mir gegenüber erkennen ließ.

Er war derselbe. Oder noch besser. Hellsichtiger, tatkräftiger und großmütiger als vor meinem Spionieren.
Vibrierend in der Fülle seiner ungeheuren Energie und sogar mit mehr Humor und Verständnis für unsere Scherze, war er es, der jetzt die Initiative ergriff.
Er schien sogar von einer alten Sorge befreit zu sein, die ihm bis vor wenigen Tagen ein düsteres Aussehen verliehen und aus geringfügigen Anlässen flüchtige Unmutsanfälle entlockt hatte.

X

Ich konnte unmöglich annehmen, daß die fast übernatürlichen Antennen seiner Wahrnehmungsfähigkeit meine erbärmliche Tat nicht aufgefangen hatten.
Dem Lehrer entging nicht einmal der Schatten eines Nichts.
»Kein Lug noch Trug kann einen Akt des Verrats oder der moralischen Untreue verschleiern«, hatte er uns unlängst in der Stunde für staatsbürgerliche Erziehung über die Verantwortung der Staatsbürger gesagt.
Untreue und Verrat verraten sich selbst als Reaktion ihrer eigenen Natur, sagte er uns.
Das Blut hat die Eigenschaft, unsichtbar zu sein, fügte er hinzu.
»Stimmt das nicht?« rief er laut.
»Es s-t-i-m-m-t!« brüllten wir im Chor.
Er nahm einen Schusterkneif und fügte sich eine Wunde am Arm zu, aus der reichlich Blut floß.
»Wenn du deinen besten Freund verletzt, wird sein Blut dich verraten. Und keine Seife und kein Wasser werden diesen Fleck abwaschen.«

Das Beispiel des Blutes war anspielungsreich. Ich mußte heftig schlucken. Ich fühlte mich, als würde ich aus dem Fenster scheißen, den Hintern der Straße zugewandt, von allen gesehen und verflucht.
Ich wagte zu denken, daß diese Veränderungen in seinem Verhalten nur eine Form waren, die Wirkung zu verbergen, die der Raub seines unverletzbaren Geheimnisses, die schändliche Indiskretion eines Schufts, der wie zum Hohn auch noch einer seiner besten Schüler war, auf ihn gehabt haben mußte.
Eine sehr typische Strategie des Lehrers, um den Schuldigen in flagranti zu erwischen.
In dem Schuldgefühl, das mich gefangenhielt, dachte ich mehr als einmal daran, dem Lehrer in einem privaten Geständnis die begangene Grausamkeit zu enthüllen und die entsprechende Strafe zu empfangen.

Mich hielt nur die Furcht zurück, diese Enthüllung könnte für immer die ganze Ordnung umstürzen, in der wir uns bewegten, und würde den bereits angerichteten Schaden ohnehin nicht wieder gutmachen.
Ich konnte das Geheimnis des Lehrers rauben. Nicht aber, es öffentlich machen.
Ich erinnerte mich an den Sinnspruch des Lehrers Cristaldo selbst:
»Entdecke niemandem dein Geheimnis, denn nichts ist besser gesagt als das, was noch zu sagen bleibt...«

XI

Wem es schlimmer erging, war ich. Die krankhafte Neugier verwandelte sich in eine Obsession, die mich Tag

und Nacht in einer Art wachsenden Wahns gefangenhielt.
Ich wollte mehr herausfinden. Ich sehnte mich dunkel danach, mehr zu wissen. Den Sinn dieses Spiels der Schatten und Stimmen zu entdecken, das jeden x-Beliebigen um den Verstand bringen konnte.
Wer war diese Mutter, die sich weigerte, das mysteriöse ungeborene Kind, das mit der Stimme des Lehrers sprach, weiter unter ihrem Herzen zu tragen?
Was verbarg sich hinter dieser Phantasie eines alten Mannes, der sich in der Nacht abermals in den Mutterleib flüchtete, um am nächsten Tag geboren zu werden? Wie ließ sich diese unaufhörliche Wiedergeburt erklären, die die Fristen des Todes aufhob und gegen die Ordnung der Welt verstieß?
Was bedeutete jene Sentenz von Jesus Christus, die denjenigen, der nicht von neuem geboren wird, dazu verurteilte, vom Reich Gottes ausgeschlossen zu sein?

XII

Die weitschweifigen Ausführungen meines Vaters erklärten mir nicht das Rätsel der Heiligen Schrift um die wirkliche oder symbolische Bedeutung dieser täglichen Wiederauferstehungen durch den mütterlichen Uterus.
Er vermied sorgfältig den Gebrauch von Ausdrücken dieser Art, die in seinen Augen das Begriffsvermögen meiner zwölf Jahre überstiegen und mit seinem eigenen Schamgefühl als Mann und Vater nicht vereinbar waren.
Das theologische Gebäude meines armen Vaters und ehemaligen Seminarzöglings fiel in sich zusammen und zerschmetterte ihn in grenzenloser Verstörung.

Zum ersten Mal sah ich ihn völlig ohnmächtig angesichts eines religiösen Problems, das seinen Ursprung gerade in einer Zeile hatte, die sich in seinem verehrten Neuen Testament verbarg.

Es gab mehrere heimliche Beratungen zwischen meinem Vater und meiner Mutter über den elliptischen Satz. Ich spionierte sie in den Nächten durch die Ritzen des Schlafzimmers aus und stellte fest, daß sie mit leiser Stimme die Ermahnung lasen und diskutierten, die Jesus an den Obersten der Pharisäer richtete.

Nach mehreren Tagen des Zweifelns und Zögerns nahm mein Vater mich auf einen Spaziergang mit.
Inmitten eines Redeflusses, der selten bei ihm war, gelangte er zu dem Schluß, daß es sich wahrscheinlich um einen Vers handelte, der falsch aus dem griechischen Original übersetzt worden war. Daß er das Problem mit seinem Bruder, dem Bischof, erörtern wolle und daß wir erneut über das Thema sprechen würden.

Wir begegneten dem Lehrer Cristaldo. Mein Vater blieb stehen und unterhielt sich einen Augenblick mit ihm. Ich trat beiseite, um nicht zu hören, was sie sagten. Aber offenkundig hegte keiner der beiden den geringsten Verdacht in bezug auf das, was geschehen war. Und schon gar nicht, daß ich der Verbrecher und der Belastungszeuge war.
»Guter Kopf. Ihm fehlt noch Verstand«, knurrte der Lehrer, während er mir mit seiner sehnigen Hand leicht auf den Scheitel klopfte. »Ein Glück, daß ihn nicht die Scheren der Tonsur ereilt haben.«
Mein Vater nahm die etwas beleidigende Anspielung auf

die Spur, die seine im Seminar erhaltenen Niederen Weihen in seinem Haar hinterlassen hatten, mit Humor.
Der Lehrer lief sehr rasch mit seinen kurzen Schritten, die meinen Vater aus dem Tritt brachten und ihn wie zur Erde geduckt gehen ließen.
Mein Vater beugte sich herunter, bis sein Kopf sich auf gleicher Höhe mit dem des Lehrers befand.
»Jeder trägt die Tonsur, die er verdient, unter der Kopfhaut«, sagte er, während er ihm respektvoll auf die Schulter klopfte.
Der Lärm des Zuges erstickte seine Stimme.
Der Lehrer war zwischen dem Rauch und den Funken verschwunden.

XIII

Mein Wahn gab mir den arroganten Beschluß ein, das Problem auf eigene Rechnung, in der radikalsten Weise, auf dem Terrain der Tatsachen selbst, zu erforschen.
Meine vermessene Entscheidung war getroffen.
Eines Morgens, nachdem ich den üblichen Krug schaumiger, von unserem *karaí* Gaspar frisch gemolkener Milch getrunken hatte, verließ ich das Haus vermeintlich in Richtung Schule, aber ich wohnte nicht dem Unterricht bei.
Mutter verabschiedete mich an der Pforte und schaute mich lange mit ihrem traurigen Lächeln an, als wollte sie mir etwas mitteilen.
Sie sagte nichts.
Sie steckte mir ein Stück Tortilla in das Wachstuch des Beutels. Sie gab mir einen Kuß und ließ mich ziehen. Ich hörte, wie die Pforte etwas knurrte, aber ich beachtete sie nicht.
Vor mir lagen die drei Stunden, in denen der Lehrer mit der

Lese- und Schreibstunde in den drei Klassen, die er betreute, beschäftigt sein würde.

Durch das unwegsamste Gelände begab ich mich heimlich zur Lagune. Die Bewohner arbeiteten seit dem Morgengrauen auf den Zuckerrohrfeldern, in den Ziegelbrennereien, in den Wäldern, in der Fabrik.
Der Morgen war sonnig und verlassen, erfüllt nur vom warmen Nordwind und vom endlosen Lärm der Vögel.

XIV

Das Kanu war an einer der riesigen Wurzeln des Tarumá-Baumes festgebunden. Ich löste die Kette und überquerte die Lagune mit raschen Ruderschlägen im Takt des Aufruhrs, den ich in der Brust wachsen fühlte.
Ich stieg aus dem Kanu. In drei Sätzen nahm ich die Treppe. Durch eine Öffnung zwischen den zerbrochenen Bodenbrettern zwängte ich mich wie ein Dieb in die ärmliche Hütte.
Mir schlug der scharfe Schweißgeruch des Lehrers ins Gesicht. Jener Geruch, der schon Teil seiner Persönlichkeit war.

XV

Überall trat mir mit stummem Vorwurf die gewaltige, die ungreifbare Gegenwart des Lehrers entgegen, seinem unfaßbaren Wesen angemessen, aber auch dem Miniaturformat seiner Statur. Alles war riesengroß und winzigklein zugleich.
In der Hütte herrschte unberührt die manische Ordnung,

die ihr Bewohner ihr auferlegt hatte. Ich fand weder ein Kleidungsstück noch einen Gegenstand, wie klein und unbedeutend auch immer, die einer Frau hätten gehören können.
Ich drang in eine Art Hinterzimmer ein, das durch einen groben Vorhang aus Sackleinen abgeteilt war. Ich nahm an, daß es sich um das Schlafzimmer handelte. Ich sah jedoch keine Pritsche, die eine Art Bettstatt, ein Ruhelager hätte vorstellen können. Ich durchforschte die Winkel mit dem gleichen Ergebnis.

XVI

Der Enttäuschung nahe, berührte ich plötzlich etwas, das mich in eine unaussprechliche Erregung versetzte.
Ich sah den »mütterlichen Uterus«, in den der Lehrer bei Einbruch der Dunkelheit kroch, um am folgenden Tag wiedergeboren zu werden. Eine Art großer Beutel, der vom Hauptpfeiler herabhing.
Ich näherte mich dem ovalen Behältnis und entdeckte etwas, das mir wie das Nest eines Vogels vorkam. Tatsächlich glich es dem Nest des Fischreihers, der in Guaraní mit dem Namen *kuarahy-mimby*, die-Flöte-der-Sonne, bezeichnet wird. Es bestand aus dem weichsten Material, das sich denken läßt, aber was es war, konnte ich nicht erkennen.
Es waren keine Flaumfedern irgendeines Vogels oder Häute von fein gegerbten Tieren, deren Fell solange geklopft und eingeweicht worden wäre, bis es die völlige Durchsichtigkeit der organischen Materie erlangt hätte.
Es war etwas Lebendigeres, aber Unbeschreibliches. Es handelte sich nicht um einen von Hand gefertigten Gegenstand.

Es war eher eine sehr feine, aber widerstandsfähige und nachgiebige Membran voller Innervationen, ähnlich dem, was, wie ich später erfahren sollte, eine menschliche Plazenta ist.
Ich fuhr sanft, zaghaft mit den Fingerspitzen über diese Materie, die mit eigener Empfindlichkeit begabt zu sein schien.
Ich bemerkte gewisse reaktive Bewegungen, die sich auf dem Nervengeflecht fortpflanzten, das sich zusammenzog und dehnte in dem Bemühen, etwas auszustoßen.

XVII

Im Innern ragte etwas hervor, das ich im ersten Augenblick für eine dicke, knotige, zusammengeringelte Liane hielt.
Mein Schrecken verdoppelte sich.
Ich fuhr mit den Fingern über diese Knoten und Windungen. Sie fühlten sich warm und pulsierend an, wie vom Blutkreislauf durchströmt.
Klebrige Übelkeit stieg in mir auf.
Ich konnte nicht weitermachen. Ich hörte Stimmen. Am Anfang undeutlich.

Ich wollte fliehen. Ich wandte mich um. Es gab niemanden in der ordentlichen, leeren Hütte. Zumindest niemanden, der sichtbar gewesen wäre, obwohl die Stimmen im Innern erklangen.

XVIII

Zuerst die Kleinkindstimme des Lehrers, dann die starke, autoritäre Stimme der Mutter kamen jetzt deutlich aus der Tiefe der Plazenta, in einen heftigen Wortwechsel verstrickt.

Was sie sagten, hatte ich zuvor nicht gehört. Dann beharrte die Stimme des Kleinkindes, des alten Ungeborenen, des Lehrers, der glaubte, nicht geboren zu sein, abermals gebieterisch auf seiner Bitte an die Mutter, sie solle ihn zum letzten Mal in ihren Leib zurückkehren lassen, damit er wieder geboren werde.

Die Mutter weigerte sich rundheraus. »Wie willst du lebendig von der toten Mutter geboren werden?... Deine Geburt hat meinem Leben vor vielen Jahren ein Ende gesetzt... Von meinem Tod her verfluche ich dich..., weil ich dich gezeugt habe... Ich verfluche dich, damit du, wenn du tot bist, kein christliches Begräbnis erhältst... Und damit deine sterblichen Überreste bis zum letzten Haar von dieser Welt verschwinden...«
Die Stimme des Kleinkindes wiederholte die Abschiedsworte oder die Erpressung, unter der Brücke ins Wasser zu tauchen, um das Dröhnen des Zuges in den Pfeilern zu hören, bis das Ersticken des Ertrinkens ihm den Garaus machen würde.

Die Frau antwortete nicht. Es herrschte völlige Stille in der Hütte.
Der alte Ungeborene würde in jedem Fall in die ursprüngliche Fruchtwasserhaut zurückkehren, um dort den mütterlichen Fluch zu erfüllen.

ZWÖLFTER TEIL

I

An jenem frühen Morgen des 14. Juni erwachte ich in der verkohlten Höhlung des Tarumá-Baumes.

Ich konnte nicht behaupten, ich hätte tief geschlafen. Der Größe und Bequemlichkeit der Höhlung zum Trotz hatten meine Angst und die Schmerzen der Strafe mich in einen qualvollen Alptraum versinken lassen. Beim Erwachen fand ich mich eingeschrumpft, zusammengekrümmt, in Fötus-Stellung.

In der nebligen Helligkeit der Morgendämmerung hatte ich in dem Loch wie ein Toter gelegen. Ein Toter, der fortfuhr, sich über sein ganzes vergangenes Leben und vor allem über das künftige zu beklagen.

Eine grüne Gerte, wie losgerissen vom Baum, traf meinen Körper und machte mich endgültig wach. Ich öffnete die vom Schlaf schweren Augen und sah undeutlich, daß das Stück Liane einem Lineal glich, das grob, abgegriffen, voller Einkerbungen war.

Das Lineal schlug mich abermals sanft auf die Beine. Die Spitze wechselte von grün zu rot, als sie die Wunden berührte.

Es war mein Blut.

II

Ich richtete mich jäh auf und ließ mich auf die taunasse Erde fallen. Mir gegenüber stand ein sehr kleiner dürrer, nicht mehr als eineinhalb Klafter großer Mann, der mir beim Aufstehen half.

Wir, das Kind mit dem Gesicht eines Alten und der Alte mit dem Gesicht eines Kindes, schauten uns an. In der milchigen Helligkeit erkannte ich den Lehrer Cristaldo nicht sogleich.

»Was machst du hier?«

»Ich bin gestern abend ausgerückt«, antwortete ich, vor mich hin murmelnd.

»Warum bist du ausgerückt?«

»Ich mußte Sie sehen.«

»Du hättest mich doch sowieso in der Schule gesehen.«

»Ich konnte nicht warten, Señor.«

»Wer warten kann, lebt.«

III

Der Lehrer betrachtete mich, als würde er mich abhorchen.

»Du bist verbrannt wie ein Stück Holz. Die bist voller Striemen, voller Schürfwunden von Peitschenhieben. Bist du in ein Nest von Skorpionen gefallen oder was?«

Auf seine Fragen nickte ich stumm.

Ich stand schweigend auf, mit gesenktem Kopf, vor dem kleinen Mann, der nicht größer war als ich.

»Nach den Hieben mit der Lederpeitsche hat Papa mich mit einem geflochtenen Lasso an die Pforte gebunden. Er wußte, daß auch Mama weinen würde und nicht kommen könnte, um mich zu trösten, damit Papa sich nicht noch mehr ärgerte«, erzählte ich ihm weiter. »Nach langen Bemühungen konnte ich mich von dem Lasso befreien. Ich bat die Pforte, mich ziehen zu lassen.

›Du kannst gehen‹, sagte sie zu mir, ›aber du mußt bei Tagesanbruch zurück sein. Ich werde dich erneut mit dem Lasso fesseln. Bevor der Alte aufwacht...‹

Ich bin sofort hergerannt. Mein Körper brannte überall. Ich konnte nicht durch die Lagune schwimmen. Ich wollte Sie sehen, Herr Lehrer Cristaldo.«

»Wozu?« fragte der kleine Mann leicht mürrisch. »Ich empfange niemanden in meinem Haus. Nicht einmal den roten Häscher, der im Gewand des Südwinds kommt.«

»Ich dachte, ich würde sterben...«, sagte ich leise, aufschluchzend.

»Jeden Augenblick stirbt einer, der im Sterben liegt. Was sollte ich für dich tun?«

»Mich retten...«

»Das ist jedermanns eigene Angelegenheit. Warum hat man dich bestraft?«

»Gestern, Sonntag, war mein Geburtstag.«

»Und das war das Geschenk deines Vaters?«

»Es war auch sein Hochzeitstag.«

»Ich sehe keinen Grund für die Strafe«, sagte der Lehrer.

»Ich sollte mit ihnen zusammen den Tag auf unserem Stück Land verbringen. Ich spielte den Kranken. Ich sagte ihnen, ich würde später kommen, wenn die Kolik vorbei wäre. Ich begleitete sie bis zur Pforte. Um sie zu verabschieden. In Wirklichkeit, um sicher zu sein, daß sie unbesorgt fortgingen und auf mein Versprechen vertrauten, mich brav zu benehmen.

›Hüte dich ja davor, zum Fluß auszureißen!‹ schärfte Papa mir ein, wobei er mich mit einer noch unsichtbaren Treibpeitsche bedrohte.«

IV

Ein ambulanter Fotograf kam vorbei, ein Freund von Papa. Sie hatten ihn gebeten, ein Foto zum Jahrestag zu machen.

Sie posierten mit dem Rücken zur Pforte, die protestierte, weil sie mehr Raum für sich wollte. Mama war sehr schön unter ihrem himmelblauen Sonnenschirm. Das Glück erleuchtete Papas gegerbtes, narbenbesätes Gesicht.
Sie küßten sich lange vor dem dunklen Auge der Kamera und dem Kapuzenträger, der dahinter stand.
Ich wollte nicht auf das Foto. Ich fürchtete, auf der Platte käme das Lügengesicht ans Licht, das ich am Morgen meines dreizehnten Geburtstages hatte.
Der Fotograf stellte sich hinter den Dreifuß. Er bedeckte sich mit dem schwarzen Vorhang und drückte dreimal den Gummiball, einmal für jede Pose.
Ich gab ihnen einen Kuß, ich wünschte ihnen viel Glück. Sie gingen fort mit dem Korb voll gebratenem Huhn und zusammengebrauten Getränken. Der köstliche Geruch des Huhns hätte mich beinahe wirklich würgen lassen und minderte einen Augenblick den Geschmack des geplanten Abenteuers.
Das aufsteigende Würgen bestätigte meine vermeintliche Unpäßlichkeit.
»Paß auf dich auf, mein Sohn«, empfahl mir Mama.
»Ja, Mama. Ich werde mich ein wenig ins Bett legen. Danach gehe ich …«
Ich sagte nicht: »Danach komme ich zu euch …«
Dieser ungesagte Satz brannte mir im Mund. Ich mußte ihn teuer bezahlen.

V

Ich ging nicht zum Picknick auf das Land.
Das ländliche Fest der beiden Jahrestage fiel ins Wasser.
Ich rückte aus zum Fluß, mit den anderen Jungen.

Wir mußten die Leichen derer suchen, die in der Nacht des samstäglichen Besäufnisses ertrunken waren.
Der Lehrer hustete. Er speichelte und spuckte eine Schmeißfliege aus, die ihm in den Mund geflogen war.
»Wir lagen auf der Lauer und beobachteten vom Gestrüpp der Böschung aus das Floß von Solano«, fuhr ich fort. »Wir sahen die Viehtreiber ins Wasser fallen. Einen nach dem anderen. Wir zählten bis fünf. Sie gingen unter und tauchten nicht wieder auf. Leandro Santos sagte: ›Wir werden sie ruckzuck herausholen...‹
Wir mußten sie herausholen, bevor sie zu sehr auftrieben. Dann werden sie glitschiger als Aale. Auch weil der Richter, der Bürgermeister, der Pfarrer, die Wachleute vom Revier, das ganze Dorf herbeigelaufen kommen. Man kann dann nicht mehr arbeiten...«
»Warum hast du das getan?« unterbrach mich der kleine Mann. Seine zornige Stimme, größer als er, kam ihm aus dem Rücken.
»Diese Toten mußten gerettet werden...«, sagte ich.
»Ihr könnt doch Ertrunkene nicht für ein paar Groschen aus dem Wasser holen, als würdet ihr die Körper verkaufen. Wo hat man das gesehen!«

»Papa hat mich schrecklich mit seiner Treibpeitsche geschlagen. Sogar meine Fersen haben geblutet.«
»Recht so!« sagte der Lehrer.

VI

Er näherte sich und begann, leicht mit dem Ende des Lineals über die Abschürfungen und Blutergüsse zu fahren. Bei jeder Berührung des Lineals verschwanden sie. Anstelle der

Narben blieben weiße Streifen neuer Haut zurück. Ich konnte nicht aufhören, immer wieder zu weinen.
»Ein großer Mann wie Sie, der die Ertrunkenen rettet, darf nicht weinen«, sagte der Lehrer ironisch.
»Das Schlimmste war der Schrecken. Papa schickte mich den Hausschlüssel holen, den sie auf dem Land vergessen hatten. Als ich den Steg überquerte, trat mir der Mann ohne Kopf in den Weg, der dort in den Nächten schläft, in denen Unwetter droht.«
»Erzähl keine Lügenmärchen«, sagte der Lehrer und gab mir eine Kopfnuß.
»Er versperrte mir den Weg, Señor. Im Mondlicht sah ich den Stumpf des durchgeschnittenen Halses. Die Stimme kam ihm aus dem kaputten Hals wie das Brüllen des Ochsen, dem man im Schlachthof die Kehle durchschneidet. Ich schlug mich in die Büsche. Ich lief ohne Pause, bis zu unserem Stück Land...«
Ich kam wieder zu Atem und erzählte dem Lehrer die Geschichte weiter. Im Schein des Mondes glänzte der Schlüssel auf dem Tisch, an dem sie den Braten gegessen hatten. Ich machte einen langen Umweg durch das Dorf, um nicht noch einmal über die Brücke des Enthaupteten gehen zu müssen. Beim Zurücklaufen fiel mir der Schlüssel herunter, und ich verlor ihn. Papa mußte die Haustür einschlagen. Danach schlug er mich.
Der kleine Mann klopfte mir mit dem Lineal auf den Kopf. »So manchem müßte man den Kopf zurechtrücken.«

VII

In Wirklichkeit brannte ich darauf, dem Lehrer das *andere* zu erzählen. Aber er hörte nicht auf, Fragen zu stellen.

Schließlich faßte ich mir ein Herz.
»Ich wollte vor allem kommen, um Sie um Verzeihung zu bitten, Herr Lehrer«, sagte ich, wobei ich den Hustenanfall ausnutzte, der ihm eine Weile den Atem nahm.
»Verzeihung?« fragte er, ohne das Wort zu verstehen, mit der größten Gelassenheit der Welt.
»Ich habe im letzten Monat Ihr Haus ausspioniert... Ich habe der Unterhaltung mit Ihrer Mutter über das Problem, zu sterben und von neuem geboren zu werden, zugehört... Ein paar Tage später bin ich in Ihr Haus eingedrungen und habe diesen Beutel zum Geborenwerden gesehen, der dem Nest des Sonnenreihers so ähnlich ist...«

Der Gesichtsausdruck des Lehrers änderte sich nicht im geringsten. Es war, als würde ich ihm etwas erzählen, das ihm völlig unbekannt war.
»Ich habe es ganz allein gehört und gesehen. Das Geheimnis ist mir nicht über die Lippen gekommen...«
»Das wirst du gestern nacht in deinem Alptraum geträumt haben«, sagte er fast ironisch, nach einer langen Pause. »Die Höhlung des Tarumá-Baums ist ein zu ungesunder Ort, um einem Jungen deines Alters als Schlafstatt zu dienen. Der Saft der Blätter des Tarumá-Baumes produziert Halluzinationen. Außerdem ist der Baum verhext, seitdem der Blitz ihm die Eingeweide verbrannt hat.«

VIII

Es waren Schritte zu hören, die näherkamen.
Der Lehrer wandte sich um und streckte die Hand in Richtung des Geräusches der energischen Tritte aus.

»Da kommt dein Vater. Er sucht dich mit der Treibpeitsche.«

Er ging los. Ich folgte ihm, den Kopf tief auf die Brust gesenkt, den Rücken gekrümmt in Erwartung der drohenden Bestrafung.

Die Stimme meines Vaters tönte heftig:

»Da haben wir also beide in trauter Zusammenkunft, Lehrer und Schüler. Einer wie der andere...«

Er hob die Peitsche in Richtung des rebellischen Sohnes.

»Bestrafen Sie ihn nicht noch mehr, Don Lucas. Er ist schon genug bestraft... Dieser Junge leidet unter schrecklichen Alpträumen.«

»Wie kommen Sie dazu, sich in Dinge einzumischen, die Sie nichts angehen!«

»Sie gehen mich an, jawohl, Don Lucas. Wie denn nicht«, erwiderte, ohne mit der Wimper zu zucken, der kleine Mann, ohne stehenzubleiben. »Ich bin der Lehrer Ihres Sohnes. Meine Schüler gehen mich doppelt an. Um der Eltern willen und um meiner selbst willen.«

»Sie lehren sie schon genug unwürdige Dinge mit Ihren Spinnereien! Jetzt wollen Sie auch noch seine Aufsässigkeit schüren, ihn gegen meine Autorität aufwiegeln.«

»Nie würde ich das tun, wenn es sich nicht um eine Ungerechtigkeit handelt.«

»Beschuldigen Sie mich, eine Ungerechtigkeit gegenüber meinem Sohn begangen zu haben?«

»Übertriebene Strafen sind im allgemeinen ungerecht und machen sie noch aufsässiger«, sagte der Lehrer mit dünner Stimme. »Grausamkeit ist nicht Wissen. Und die Macht haben und sie ausüben ist zweierlei.«

»Dieser rebellische, verlogene Junge hätte im Fluß ertrinken können!«

»Ob er das Leben im Fluß bei der Rettung von Ertrunkenen verliert oder aus Angst verrückt wird, macht keinen großen Unterschied. So rebellisch und verlogen er auch sein mag – der Junge kann verrückt werden, wenn Sie ihn für jeden Streich mit Peitschenhieben kreuzlahm schlagen und ihn noch dazu ausschicken, dem Enthaupteten des Steges die Stirn zu bieten.«

Mein Vater wurde fahl und explodierte:

»Was sagen Sie da, Sie alter Schwachkopf, elender Ungeborener! Wie kann jemand von Wahnsinn oder von Leben sprechen, der glaubt, nicht geboren zu sein?«

»Rühren Sie nicht an Geheimnisse, Señor Don Lucas, die Sie nicht begreifen können. Nehmen Sie Ihren Sohn mit... Hüten Sie ihn mit Leib und Seele, damit er ein brauchbarer Mensch wird.«

Ich blieb zurück, um den Streit nicht länger hören zu müssen. Ich vernahm noch, wie der Lehrer sagte: »Vergessen Sie nicht, Don Lucas, bis zum Sterben ist alles Leben...«

IX

Der Lehrer lief aufrecht mit seinen eineinhalb Klaftern Statur, ohne das Tempo seiner Schritte zu verlangsamen. Die kurzen Schrittchen brachten die langen Schritte meines Vaters aus dem Takt, und es kostete ihn Mühe, sich auf gleicher Höhe wie sein Gesprächspartner zu halten.

Ich sagte mir: ›Wie groß ist mein Vater! Vor allem, wenn er böse ist...‹ Er schien auf den Zehenspitzen zu laufen.

Ich bemerkte, daß mein Vater sich allmählich beruhigte. Der Ton seiner Stimme wurde sanfter, und mir schien, als bäte er den Lehrer um Entschuldigung, weil er ihn beleidigt hatte.

Der Lehrer lief schweigend, gleichmütig, in Gedanken bei seinen Angelegenheiten, als würden seine Füße den Boden nicht berühren.
Der rosafarbene Flaum der Morgendämmerung tauchte die Krempe seines dunklen, zerlumpten Stoffhutes in eine Art schwache Helligkeit.
Ich sah meinen Vater, der sich krümmte und wand, um sich auf der Höhe des Lehrers zu halten und den Faden seiner Rede nicht zu unterbrechen. Es sah aus, als würde er rückwärts gehen. Eine derart gezwungene Haltung konnte unmöglich längere Zeit beibehalten werden.
Die langen Beine meines Vaters verhedderten sich in seltsamen Tanzschritten. Er verlor das Gleichgewicht und fiel mit dem Gesicht in den Staub des Weges.
Der Lehrer blieb stehen, ernst, betrübt.
Er streckte meinem Vater seine kleine verrunzelte Hand entgegen. Mein Vater ergriff sie und stand auf, Erde spukkend.
Die clowneske, absurde Szene ließ mich innerlich laut auflachen und bewirkte, daß ich die erlittenen Nöte vergaß.
Ich sagte mir nur: ›Papa und der Lehrer Cristaldo sind gleich groß.‹

DREIZEHNTER TEIL

I

Ich folgte dem Zug, tief in meine Gedanken versunken. Seltsamerweise fühlte ich plötzlich abermals den vagen Wunsch, in das Dorf meiner Geburt zurückzukehren, ein Wunsch, der mich im Gefängnis zuweilen mit stechender Sehnsucht erfaßt hatte.
›Ich werde es tun, wenn ich hier rauskomme…‹, tröstete ich mich, wohl wissend, daß das nicht geschehen würde.
Das Leben besteht aus Schulden, die nicht gezahlt werden. Aus lange währenden Dingen, die sich nicht erfüllen.

Genau jetzt, in diesem jahrhundertalten Zug, nach einer langen, saumseligen Reise von der Dauer eines weiteren halben Jahrhunderts durch den Untergrund meiner Erinnerung, tauchte drängend, hartnäckig der Wunsch in mir auf, gegen den Lauf des Lebens in das Dorf meiner Kindheit zurückzukehren.
Gleichzeitig vergaß ich ein wenig, in welcher Situation ich mich befand. Ich hatte das Gefühl, daß ein anderes Leben für mich auf dieser Reise begann. Ich war kein Mann des wandernden Volkes mehr.
Ich war ein Reisender, der an den Ort seiner Geburt zurückkehrte.
Ein Flüchtling, gewiß, aber zugleich ein Unbekannter, eingehüllt in den Schatten eines Geheimnisses, das scheinbar undurchdringlich war für die anderen.
Ich gewöhnte mich schon an meine neue Identität. Mein Gesicht, mein Aussehen hielten den durchdringendsten Blicken gut stand.

Der professionelle, unfehlbare Instinkt der ehemaligen Hosenschneiderin und jetzigen Denunziantin, die mir die ersten langen Hosen genäht hatte, hatte mich ebenfalls nicht wiedererkannt, trotz der Lupe ihres Argwohns, ihrer verfänglichen Befragungen, und obwohl bestimmte Ereignisse lange Zeitintervalle miteinander verbinden.
Die Hosenschneiderin machte mir die Hosenschlitze länger. Der »Schwanzstall«, sagte sie. Sie lobte die Größe meiner beginnenden Männlichkeit.
Gott möge dir diese Gnade erhalten, mein Sohn!
Sie sehen, Doña Silveria Zarza, ehemalige Hosenschneiderin von Manorá und heutige Denunziantin der Polizei, hätte ich ihr jetzt sagen mögen, Sie sehen, daß ich mir mit Ihren prophetischen Worte jener Zeit den Hintern abwischen kann.

II

Nach langem Grübeln beschloß ich, heimlich in Manorá auszusteigen, was auch geschehen mochte.
Auf diese Weise würde ich die Klammer der polizeilichen Grenzposten vermeiden, die bestimmt schon von der Geheimen gewarnt worden waren, falls sie den Tunnel freigelegt und die Identität der Verschütteten festgestellt hatten, von denen nur einer fehlte.
Ich bin immer ein Grenzgänger gewesen, sagte ich mir. Der Mann der letzten Viertelstunde. An Leben und Tod hat mein Leben mehr als genug. Und es ist besser, wenn die Minute des Endes mich in Manorá ereilt.
Diese Grenze ruft mich mit ihrem Namen an den Ort meines Todes.

III

Andererseits blieb mir nicht verborgen, daß dieser Wunsch, Zuflucht in Manorá zu suchen, lediglich der Traum jedes Verbannten, jedes Gefangenen war, zu seinen Wurzeln zurückzukehren, die verlorene Kindheit zurückzugewinnen.

Das Letzte, was dem Menschen verbleibt, wenn alles übrige verlorengegangen ist.

Niemand weiß, wie perfide und schädlich dieser Mythos ist.

Niemand weiß, wie lange Zeit der umherirrende Mensch braucht, um sich selbst zu finden, bevor er, einem ungelegenen Bettler gleich, an die Tür des väterlichen Hauses klopfen darf.

Er kommt auf der Suche nach einem Heim, das es nicht mehr gibt.

Auch das Leben hinterläßt keine lebendigen Spuren. Es ist weiter nichts als das Erleben von Dingen in gegensätzlichen Richtungen.

Die doppelfersigen Fußspuren des *Pytá-yovai* löschen die Richtung der Schritte nach vorn, nach hinten, in die Vergangenheit, in die Zukunft aus. Er muß es unter dem Blut der Mittagssonne tun. Nur so gelingt es dem Flüchtling, seinen Verfolgern in der Nicht-Zeit, am Nicht-Ort zu entkommen.

Wenn das milchige Blut der im Zenit stehenden Glut nicht auf die Spuren der doppelstirnigen Füße tropft, bilden diese keine fossilen Fährten.

Der Flüchtling fällt rettungslos in die Fänge seiner Verfolger.

In der harten Witterung der Wüste gibt es keine einladenden Herbergen. Es gibt nur blutige Spuren, die der Wanderer aufliest. Er verwahrt sie in seiner Tasche und nimmt sie mit.

IV

Kein verlorener Sohn – ein weiteres trügerisches Gleichnis des Neuen Testaments – ist jemals in das väterliche Haus zurückgekehrt.
Christus selbst wird nur ein Fremder, ein Eindringling gewesen sein, wenn es ihm gelang, abermals in das ewige Heim einzukehren, nachdem er Mensch geworden war.
Kreuzigung und Tod erlösten das menschliche Dasein nicht. Sie besiegelten es für immer in seiner ursprünglichen Verdorbenheit. Daher hat sich der Mensch unter Mithilfe von Christus, dem Erstgeborenen der Toten, in das grausamste Tier verwandelt, das auf dem Planeten wohnt.

V

Während ich diese Klage gegen das verlogene Gleichnis des Evangeliums schreibe, höre ich die Stimme des Lehrers Cristaldo, der von irgendwoher, von einem Ort außerhalb der Welt, zu mir spricht.
»Man verliert die Kindheit nicht. Man trägt sie immer in sich. Wie willst du an einen Ort zurückkehren, den du nie verlassen hast?
Habe ich etwa die Plazenta verlassen, die mich umgab?
Es gibt Orte, die allein fortbestehen und ihren Ort mit sich führen. Sie reisen in deinem Inneren…«

Die Stimme zitterte leicht. Der Husten und der Schnupfen, die ihn noch nicht verlassen haben, unterbrachen sie.
Dann sagte sie: »Es sei denn, dieser Ort hat seinen Ort an einen anderen Ort gebracht... Aber dann bist du es, der verloren ist, und niemand wird dich jemals finden...«
In allen Büchern, die ich geschrieben habe, steht dieser Satz des Lehrers Cristaldo. Warnende Verwünschung. Als wären wir alle am falschen Platz und in fremder Zeit geboren.

VIERZEHNTER TEIL

I

Der Zug hatte sich weit entfernt. Ich folgte dem kleinen roten Schlußlicht. Ich erreichte es kurz hinter dem Bahnhof von Borja.

Ich hatte vollkommen vergessen, daß ich auf der Flucht war.

Ich fühlte mich tatkräftig, unbekannt, frei.

Kein Tag taugt etwas, außer dem kommenden, sagte der Lehrer Cristaldo. Und auch: Wer warten kann, lebt einen Tag nach dem Vortag.

Es gibt Momente, da ist man Schmiedeeisen. Es formt in glühendem Zustand eine umgekehrte Spirale zu der, die besteht. Dann kommt die spektakuläre Täuschung der Symmetrie.

II

Ich stieg wieder in den Zug. Alles war dunkel, voller schmutziger Gerüche, voller Schnarchlaute wilder Tiere.

Ich nahm meinen Platz ein im Glauben, daß alle schliefen.

Die Frau belauerte mich. Ich sah es im Kreisen der Glut ihrer Zigarre. Sie wirbelte den Stummel durch die Luft, um eine gewisse Besorgnis vorzuspiegeln. Sie nahm meine Hand und zwang mich, mich ihr entgegenzuneigen.

»Sie haben mich gestern nach den drei Herren gefragt, die im Zug reisten«, sagte sie mit leiser Stimme, sibyllinisch.

Ich hörte den Satz nicht und mußte ihn mir wiederholen lassen.

»Diese Herren sind hohe Bosse der Polizei. Sie sind am

Bahnhof von Villarrica ausgestiegen. Sie haben dort eine große Arbeit. Ich werde Ihnen ein Geheimnis erzählen, das ich zufällig erfahren habe...«

Sie hielt die Hand wie einen Schirm vor den Mund. Sie machte eine Pause, um die Wirkung zu erhöhen.

»Es wird einen Toten in Manorá geben«, sagte sie mit unheilverkündendem Ton.

»Wer wird dieser Tote sein?« fragte ich unbefangen, fast gleichmütig.

»Ein kleiner alter Lehrer, der noch immer den subversiven Helden spielt. Dieses Geheimnis kann mich teuer zu stehen kommen. Aber mir schien, Sie würden gern das Leben Ihres alten Lehrers retten. Ich verstehe nicht, daß Kerle in einem so vertrottelten Alter sich in diese Dinge einmischen... Sie haben ein paar Papiere des Alten im Gefängnis gefunden und den Plan eines Tunnels für den Ausbruch der Flüchtlinge...«

III

Was beabsichtigte die Denunziantin mit der Enthüllung eines so plumpen »Geheimnisses«, das völlig unhaltbar war?

Der Lehrer Cristaldo war vor vielen Jahren gestorben.

Er ertrank in der Piky-Lagune, wie er selbst es im Gespräch mit der toten Mutter prophezeit hatte.

Der Lehrer kam ums Leben, als er einige Jungen der Schule zu retten versuchte, die von den Wasserfluten bis dorthin mitgerissen worden waren.

Eine Überschwemmung wie die, die ihn vor vierzig Jahren zu Lebzeiten hergebracht hatte, trug ihn tot davon.

Das Hochwasser trug mit ihm unseren *karaí* Gaspar Gavilán fort.

Sie zogen es vor, zusammen zu diesem Ort im Nirgendwo zu reisen, von dem sie gekommen waren.

IV

Ich erinnere mich sehr gut an jenen eiskalten Morgen des 13. Juni, an dem das Dorf seine beiden kleinen Patriarchen verlor, die einer im andern verkörpert waren.

Wir Kinder der Schule gingen alle die Hymne vor dem Leichnam des Lehrers Cristaldo singen, der in den schlammigen Wassern der Lagune lag.
Klein, dunkel, ungestalt, das Gesicht von Eiskrusten bedeckt, erschien uns sein Gesicht wie das Gesicht eines Fötus mit dem Gesicht eines Alten, der uns aus dem Wasser anschaute, wie eingebettet in Stücke eines Spiegels.
Ich erinnere mich sehr gut an sein Begräbnis in der Nacht der treibenden Feuer, an das Weinen und den Kummer aller Bewohner des Dorfes, die aus den entferntesten Weilern herbeigeströmt kamen, um ihm das letzte Geleit zu geben.

Es war ein falsches Begräbnis. Der Lehrer hatte keinen Sarg. Sein Kanu war verschwunden. Auch seine Leiche fanden wir nicht. Nur der leere Sarg, den Pachico Franco zu seinem Andenken spendete, konnte begraben werden. Wir mußten ihn mit Orangen und Früchten des Landes füllen.
Der Körper unseres *karaí* Gaspar wurde im Abflußgraben gefunden. Er war schon sehr geschrumpft durch sein Alter und durch die zehn Tage, die er im Schlamm gelegen hatte, der gesättigt war von den Säuren der Fabrik.
Er wurde im Sarg eines Kindes begraben, wie man es Jahre

zuvor mit Macario Francia getan hatte, der das Gedächtnis des Dorfes gewesen war.

Karaí Gaspar war nur das Bild des kollektiven Vergessens.

FÜNFZEHNTER TEIL

I

Was wollte die Denunziantin sagen, als sie mir das Geheimnis enthüllte, das »sie teuer zu stehen kommen konnte«, und mich vor dem angeblichen Komplott warnte, das gegen den bereits verstorbenen Lehrer Cristaldo angezettelt werde?
Silveria Zarza, die einstige Hosenschneiderin, gegenwärtig Denunziantin der Polizei, machte das Zweideutige zum Grundelement ihres Berufes.
Ob aus eigener Berechnung oder auf Anweisungen der Geheimen hin – die Warnung der Frau sollte mich verleiten, in Manorá auszusteigen, wo die Gaoiburú-Zwillinge, meine Kindheitsfeinde, darauf warteten, mich zu liquidieren.
Die Frau wußte, daß der Lehrer nicht mehr existierte. Ihr war wohl bewußt, daß die bloße Erwähnung seines Namens ein mächtiger, entscheidender Ansporn für mich war, in Manorá auszusteigen.

II

Während meines langen, selbstversunkenen Spaziergangs auf dem Bahndamm, neben dem Zug, hatte die unmerkliche Veränderung der Gestirne die Dinge dieser niederen Welt in Ordnung gebracht. Sie hatte ihnen eine Bedeutung gegeben, aus der ich ausgeschlossen war, als wäre ich nicht mehr Teil dessen, was geschehen würde: ein Sandkorn, das auf der unermeßlichen Masse der in Bewegung befindlichen Materie umherirrte.

III

Der Zug war im Begriff, in den Bahnhof von Iturbe-Manorá einzufahren. In der Ferne, im Näherkommen, blinkte der Signalmast. Die Gegenwart des unsichtbaren Dorfes ließ mein Herz schneller schlagen.
In Mondnächten hätte man die Häuser, den stumpfen Glockenturm der Kirche gesehen. Jetzt war das Dorf in der Dunkelheit begraben.
Das Feuer des Heizkessels erleuchtete nur das Innere der Lokomotive und den blonden Kopf des Lokführers, der Orangen aß.

IV

Mit geschlossenen Augen zählte ich die Häuser, die sich neben der Bahnstrecke aneinanderreihten. Ich sprach flüsternd die Namen der bekanntesten Bewohner aus. Ich nannte sie nicht nur bei ihrem Namen. Ich sah sie alle und jeden, wie im hellen Licht des Tages, in der Erinnerung, die bei den Kindern das ganze Leben anhält.
Ich betrachtete die Fassaden, die Türen, die Leute, die auf den Bürgersteigen saßen. Ich zeigte mit den Händen auf sie. In Gedanken entbot ich jedem meinen Gruß.
Ich steckte den Kopf zum Fenster hinaus. Ich fühlte, daß meine Augen feucht waren, wie damals, als ich im selben Zug das Dorf verließ.
Der Wind bereifte meine Augenlider.

In der Dunkelheit würde ich nicht die große Kurve der Gleise sehen, die die Lagune von Piky umrunden.
Silveria Zarza hatte gesagt, man habe die Lagune mit einem

Marmorsockel vermauert und dort die Kirche der Evangelisten gebaut.

Der Hosenschneiderin und Denunziantin konnte man nicht alles glauben, was sie erfand.

Als der Zug anhielt, unter dem Kreischen der Bremsen und dem Schweigen der Fahrgäste, die nach der dritten schlaflosen Nacht wie Tote schliefen, bahnte ich mir zwischen Ballen, Bündeln und Gepäckstücken, Käfigen mit Vögeln und kleinen Kläffern, die jetzt schliefen wie ihre Besitzer, den Weg zum Ausgang.

Im Vorbeigehen packte mich jemand mit sanfter und zugleich ungewöhnlicher Gewalt am Handgelenk. Ich dachte an Guido Salieri, den lasziven Affen der Denunziantin.

Ich berührte die Hand, die mich umfaßte. Es war die Hand einer Frau. Die Hand von Bersabé, feucht von noch immer brennenden Geschwüren.

Ich erriet ihr entzündetes Gesicht in der Dunkelheit. Ich sah nur den Glanz ihrer Augen. Und in diesen Augen das Klopfen ihres Herzens, das der Tod und die Einsamkeit ausgedörrt und für immer gebrochen hatten.

Sie zog an meinem Arm, sie brachte mich dazu, den Kopf zu senken, und gab mir einen langen Kuß, der vor Fieber glühte.

Ich konnte diese unerwartete Geste nicht verstehen. Wollte das stumme Mädchen mir etwas mitteilen? Mich zurückhalten? Einem Mann dafür danken, daß er sie mit Zärtlichkeit angeschaut hatte? Sich von einem zum Tode Verurteilten verabschieden?

Ich entwand mich so gut ich konnte dieser Klaue, der das Unglück soviel Kraft, soviel Verzweiflung gab.
Ich machte mich auf der vom Bahnhof abgewandten Seite davon und schlug mich in die Dunkelheit.

V

Ich stieß gegen einen Güterwagen, der auf einem toten Gleis entgleist war. Ich lehnte mich an die verbeulten Bleche und betrachtete die Schattengestalt des Zuges, dessen Umrisse im Widerschein der Laterne erschienen.
Schließlich hörte ich die Rufe des Bahnhofvorstehers. Ich erkannte die leicht näselnde Stimme von Máximo Florentín.
Der Klang der gesprungenen Glocke gab das Abfahrtszeichen. Der Lokführer ließ den Pfiff ertönen, der die Stille des Dorfes in Stücke brach.
Der Zug setzte sich in Bewegung. Ich sah, wie er sich mit seinem rostigen Getöse entfernte. Die Scheinwerfer der Lokomotive durchbohrten die Nacht mit ihren gelben Lichtbündeln.
Klein, kühn, unsichtbar, wirkte der Zug jetzt riesengroß. Ich hatte in diesem Augenblick das Gefühl, daß die hundertjährige Lokomotive mich vage an jemanden erinnerte.
Es war keine Ähnlichkeit in der äußeren Erscheinung, sondern im Schicksal. Ich dachte an den kleinen Mann mit dem undefinierbaren Alter. Mein Lehrer war er. Mein bester Freund. Mein unvergeßlicher Seelenverwandter. Meine unbezahlbare Schuld.
Kam ich denn nicht nach Manorá auf der Suche nach ihm, damit er mich die letzte Weisheit lehrte? Ein geringfügiges,

lächerliches Wesen, begabt mit übermenschlicher Energie.
Ein im Übernatürlichen natürliches Wesen.

Nach den aufeinanderfolgenden Toden abermals geboren zu werden war die größte Macht des Lehrers.
Es würde mich nicht im geringsten wundern, zu erfahren, daß er noch immer in seiner Pfahlhütte lebte. Zu sehen, daß er wie immer am Fuß des Tarumá, seines Schutzbaumes, aus seinem Boot steigt und am frühen, taufeuchten Morgen die Richtung zur Schule einschlägt, ohne Eile, ohne Alter, aufrecht, dunkel, immer er selbst und immer ein anderer.
Mit dem Tod des Lehrers Cristaldo ging auch Manorá verloren, verschwand. Vielleicht ist es nur unsichtbar geworden, erschöpft, verfolgt von der Gewalt, von der Verdorbenheit der Menschen.

Das tote Dorf kann, ebenso wie der Lehrer, wiedergeboren werden.
Einmal zurückgeholt, wird es sich so sehr in den Herzen der Menschen von Iturbe und von Manorá verwurzeln, daß es nicht mehr verlorengehen kann. Machtstreben, Zwietracht, Verfolgung, Gewalt werden ihm nichts anhaben können.
Die Sonne wird für alle gleichzeitig aufgehen. Die Nächte werden den Duft der alten Zeiten zurückerlangen. Die Geschichten, die in der Erinnerung der Männer, Frauen und Kinder leben, werden unauslöschlich sein, weil sie in das Herz der künftigen Zeiten eingeschrieben sind.

VI

In der Ferne, in der Kurve, die um die Lagune herumführt, verlor sich das kleine Schlußlicht des Zuges. Der rote Punkt verschwand.
Von diesem Augenblick an wußte ich nicht, wohin ich mich wenden sollte. Ich bewegte mich wie ein Automat. Der kaputte Waggon stach mir mit seinem gerillten Blech wie aus der Ferne in den Rücken.
Ich ging aufs Geratewohl los. Ich entdeckte, daß ich auf dem alten Erddamm lief, auf dem mein Vater vor einem halben Jahrhundert gearbeitet hatte, als er nur ein Tagelöhner war, der jede Arbeit tat, während des Baus der Fabrik.
Meine Schritte orientierten sich blindlings, aber mit Sicherheit. Die Augen und die Ohren sahen und hörten nichts. Außer dem Rauschen der Kasuarinen. Ich roch nichts, außer dem Duft der blühenden Lapacho-Bäume.
Der Geruch der fermentierten Melasse der Zuckermühle erreichte mich allmählich wie aus einer anderen Zeit.
Es war nicht die Zeit der Zuckerrohrernte. Geisterhafte Geräusche waren zu hören. Ich stellte mir die Zuckermühle wie einen schweren Ochsen vor, der sich am Ufer des Flusses niedergelegt hatte.

Der Erddamm führte zu den Häusern der Zuckermühle, von denen eines das unsere gewesen war.
Ich würde mich durch die kleine grüne Pforte hineinstehlen, bevor jemand meine Anwesenheit bemerkte, so wie ich es als kleiner Junge tat.

VII

Während ich im Dunkeln lief, dachte ich an die grüne Pforte.
Ich betrachtete sie in meinen Erinnerungen. Bestimmt wird sie verschwunden sein, dachte ich, wie so viele andere Dinge aus jener Zeit. Jetzt kamen sie mir wie verschwommene Fieberschübe vor.
Diese kleine grüne Pforte eröffnet und beschließt diese Geschichte.

Ich kann das Manorá jener Zeit nur über diese Schwelle betreten, die auf der kräftigen Wurzel der Dinge steht. Sie war da, im Hinterhof des zerfallenen Hauses, das man uns als Wohnung gab, fünfzig Meter vom Steilufer des Flusses entfernt.

Wenn diese Pforte noch immer da war trotz der Jahre, der Unbilden der Witterung, der Menschen, der unermüdlichen Termiten, der weißroten Sonne, die selbst die Steine ausglüht, dann mußte sie jetzt mehr als hundert Jahre alt sein.
Ihr runzliger grüner Anstrich, ihr rissiges Holz schienen jedoch unversehrt zu sein und wechselten die Farbe je nach den Wetterverhältnissen.
Meine Mutter wußte durch einen Blick auf sie, wann es regnen würde. Sie kündigte Unwetter, Leid, Todesfälle an; aber auch die Freuden des Lebens, den Besuch irgendeines geliebten Wesens.

Als mein Vater ihr eine Kette und ein Schloß anlegte, wurde die Pforte violett vor Zorn. Sie erlangte ihre natürliche

Farbe erst wieder zurück, als die Gelassenheit meinem Vater das Lächeln zurückgab und dieser ihr die schwere Kette und das Schloß vom Hals nahm.
Dann ließ die Pforte mich ziehen.

VIII

Diese Pforte befand sich schon vor dem Bau der Fabrik dort; zumindest vor meiner Geburt.
Das Haus, das man uns als Wohnung gab, war das erste, das auf dem unbewohnten, bewaldeten Gelände existierte. Mein Vater sann auf Mittel, die verlassene Ruine wieder aufzubauen und ein bewohnbares Heim aus ihr zu machen.
Die Pforte wollte er damals nicht antasten. Er beschloß, den Hinterhof, der auf den Fluß hinausging, mit einer Mauer zu umgeben. Ich war zwei Jahre alt. »Aber er wird wachsen«, sagte er zu meiner Mutter, »und dann wird die Versuchung des Jungen das Steilufer und das verhexte Wasser des Flusses sein.«

Bei Niedrigwasser war die Sandsteinböschung dort sieben Meter hoch. In der Tiefe stauten sich die Wasser eines verborgenen Strudels. Ein Felsen, spitz wie ein Messer, ragte aus dem Stauwasser in den Himmel.
Er war immer der Schrecken meines Vaters, begleitet von der Angst meiner Mutter. Sie sahen mich aufgespießt auf dem steinernen Messer, wie es schon anderen Jungen des Dorfes widerfahren war. Und sie wußten nicht, wie sie es verhindern sollten.
»Wir werden in ein anderes Haus ziehen müssen«, flehte meine Mutter. »In eine Hütte im Dorf.«

»Kommt Zeit, kommt Rat«, sagte mein Vater.
Seine einzige Tat bestand darin, um das Haus eine Palisade aus Klatschmohn zu pflanzen, die er mit Stacheldraht verstärkte, wie bei einem künftigen Konzentrationslager oder einem Schützengraben.
Er verkettete die Pforte. Nach und nach vergaßen sie sie. Die Menschen können nicht allein leben, ohne jemanden, dem sie ihren Kummer, ihre ureigenen Geheimnisse mitteilen können.
Die Pforte wurde mein Freund.

IX

Wieder spießte ein Junge sich kopfüber auf dem spitzen Felsen auf.
Der neue Unfall erneuerte die Angst meiner Eltern. Die Pforte konnte nicht die ganze Zeit geschlossen bleiben. *Karaí* Gaspar mußte nachmittags die Kühe einlassen und sie morgens herausholen, nachdem er sie gemolken hatte. Der Alte besaß einen Nachschlüssel, aber sie konnten seinem vergeßlichen Kopf nicht trauen.
Vater verschloß die Pforte endgültig mit zwei Ketten samt Schloß. Von diesem Augenblick an war die Pforte besessen von der Würde ihrer Aufgaben. Ein bißchen neurotisch, aber in der Tiefe ihres gesunden, großzügigen Holzes gewann sie ihre volle Autorität zurück.

X

Wie im Nebel erinnere ich mich an jenen unglückseligen Morgen des ländlichen Picknicks, das meine Eltern veranstaltet hatten, um ihren Hochzeitstag und meinen Geburtstag zu feiern, und bei dem ich fehlte.

Die Fotos, die der ambulante Fotograf von Papa und Mama gemacht hatte, während sie sich auf die Pforte stützten, prägten diesen Tag mit einem unerklärlichen Phänomen. Sie hinterließen eine schaurige Spur, die meine Eltern, meine beiden Schwestern und mich tief traf.

Die Entwicklung aller Negative, auf denen die Pforte als Hintergrund diente, zeigte wie in einer verschleierten Doppelbelichtung, gleichsam ektoplasmatisch, meinen Körper, der mit einem geflochtenen Rinderlasso an die Streben der Pforte gefesselt war. Das Bild erschien fast hinter dem Rükken meines Vaters. Aber nur bei diesen Aufnahmen der Pforte. Die Fotos vor anderem Hintergrund waren sauber und deutlich geworden.

Mein Vater forderte vom Fotografen, er solle diesen Fleck auslöschen, der nichts mit den an jenem Morgen eingenommenen Posen zu tun habe.

Dies war dem armen Mann völlig unmöglich. Das verschwommene Bild widerstand allem Waschen und Bügeln.

»Dieses Bild«, entschuldigte sich der Fotograf, »dieser ›Fleck‹, wie Sie sagen, Don Lucas, ist nicht die Schuld meines Apparates oder der Negative oder der Entwicklung. Dieses Bild ist der Pforte *aufgedruckt*. Und von dort«, fügte der Mann hinzu, »kann weder Wasser noch Seife es abwaschen. Es sei denn, Sie lassen die Pforte verbrennen, die verwünscht zu sein scheint.«

Mein Vater entschied sich dafür, die »verhexten« Fotos zu zerreißen. Er warf die Schnipsel auf den Müll. Er vergaß die Angelegenheit; zumindest wurde die Angelegenheit weder öffentlich noch privat weiter erwähnt.

XI

Dieser Vorfall vergegenwärtigte mir wieder das Rätsel der Pforte.

Etwas Menschliches pulsierte in der holzigen Materie dieser krummen und schiefen Pforte, die dazu bestimmt schien, bis zum Ende aller Zeiten den Unbilden der Witterung standzuhalten.

Dort hatte jemand sie hingestellt, vielleicht der erste Siedler dieses elenden Nestes voller Palmen und großer Zuckerrohrfelder.

Die Pforte markierte eine verbotene Grenze. Eine Linie, die man nicht überschreiten durfte und von der es keine Rückkehr gab.

Wie bei jedem unergründlichen oder trügerischen Geheimnis konnte man sagen, daß die Pforte seit dem dritten Tag der Schöpfung dort war.

Das wollte natürlich nichts heißen. Aber *diese* Pforte war seit dem dritten Tag der Schöpfung dort.

Die wilde Einsamkeit hatte ihr feines Petereby-Holz verhärtet. Sie hatte ihr die Seele gerettet, wenn man so sagen kann.

XII

Diese Pforte hatte unbegreiflicherweise eine Seele. In jener Zeit war »Seele« noch kein Wortspiel für mich.

Ich teilte meiner Mutter meine Nöte mit.

»Alle lebenden Wesen sind in gewisser Weise beseelt«, antwortete sie mir. »Ihre Seele ist primitiver als die der Menschen. Aber eine Seele ist es doch. Alle haben sie eine. Die

Katzen. Die Hunde. Die Pflanzen. Die riesigen Orchideen, die du mir aus dem Sumpfland mitbringst. Deine Glühwürmchen. Wesen, die beseelt sind.«
Ich fragte sie, ob die Pforte ein beseeltes Wesen sei. Ohne zu zögern, antwortete sie mir, daß alle Gegenstände, die in ständigem Kontakt mit den Menschen stehen, am Ende zu beseelten Wesen werden. Sie übernehmen ihre Tugenden und ihre Fehler. Sie gleichen als Bild ihren Besitzern.

Die Antwort meiner Mutter erklärte zumindest teilweise die Rolle, die die Pforte in unserem Haus spielte. Ihre Beziehung zu mir während der Kindheit. Ihr Beharren darauf, dort wie ein Hüter und ein Wächter zu bleiben.
Ein Freiwilliger heroischerer Zeiten. Nicht ein Söldner dieses elenden Zeitalters.

Jetzt, nach so vielen Jahren Abwesenheit, kann ich sagen, daß diese kleine Pforte ebenfalls leicht von einer Art Wahnsinn befallen war. Sie hatte ein eigenes Leben, aber dieses Leben war vom Wahnsinn besessen.
Vom Wahnsinn, zu dienen.

XIII

Als ich von meiner Mutter im Alter weniger Monate hergebracht wurde, war die rötliche Masse der Zuckermühle in ihrem langsamen Wachstum begriffen.
Die kleine grüne Pforte war schon da. Das pflegte meine Mutter mir zu erzählen. Ich mußte leben und größer werden, um sie zu sehen.

Seit mehr als zwei Jahren ohne Nachricht von meinem Vater, beschloß meine Mutter, nach Iturbe zu gehen, um etwas über ihn zu erfahren und die Familie zusammenzuführen.
Sie konnte nicht wissen, daß die Männer, die sich als Angestellte der künftigen Verwaltung hatten anwerben lassen, nichts als Tagelöhner waren, die im Akkord jede Arbeit taten.
Mutter stieg aus dem Zug und sah in der Ferne den Kamin, die große, halb gebaute Masse der Zuckermühle. Sie lenkte ihre Schritte dorthin, bestimmt ebenfalls gepeinigt von den Riesenbrennesseln und dem Zuckerrohr. Mit mir in den Armen folgte sie demselben von Tagelöhnern gebauten Erddamm, auf dem ich jetzt lief.
Sie wandte sich an sie.
Sie suchte ihren Ehemann. Sie wollte ihm mit ihrer Gegenwart sagen, daß Liebe nichts Demütigendes sei oder verborgen werden müsse. Leben ist eine immer unmittelbare, ständige Verpflichtung. Sie wollte an seiner Seite sein, ihm den kleinen, in seiner Abwesenheit geborenen Sohn in die Arme legen.
Das zitternde Kind wimmerte, erschreckt vom Weinen seiner Eltern, vom Schrecken der etwa vierzig Sklaven, die dieses unwahrscheinliche Bild betrachteten, das mit den Trauerfarben des Regenbogens im Staub und im Licht, zwischen Himmel und Hölle flimmerte.
Woraus war ich geboren, wenn nicht aus dem, was diese Frau und dieser Mann, für mich noch unbekannt, dem täglichen Leben abgerungen hatten in einer Zeit, die ihnen schon nicht mehr gehörte und die mir gerade erst zu gehören begann?

XIV

Die Männer unterbrachen ihre Arbeit. Gestützt auf ihre Schaufeln und Hacken, müssen sie überrascht, fast geblendet die Erscheinung der schönen Frau mit dem blonden Haar und den himmelblauen Augen betrachtet haben, die mit dem Kind in den Armen näherkam.
Jemand ging ihr entgegen, schwarz von Sonne, von Schweiß, wie gebrochen von einer todesähnlichen Erschöpfung. Ein Mann wie ein Leprakranker, die Nase und die Ohren vom furchtbaren Parasiten der Leishmaniosis zerfressen. Charles Nicolle hatte den furchtbaren Parasiten noch nicht entdeckt.
Lepra oder Leishmaniosis waren dasselbe.
Der Mann verdeckte sein Gesicht mit dem zerlumpten Strohhut, von schrecklicher Verwirrung erfaßt.

Meine Mutter fragte ihn, ob er einen gewissen Lucas Rojas, Angestellten der Zuckermühle, kenne oder etwas von ihm wisse.

»María!« schluchzte der Mann, ohne zu wagen, mit seinem erbärmlichen Gesicht näherzutreten.
»Lucas!« rief meine Mutter, während sie in Tränen ausbrach und ihn mit den Armen umschlang.
Es gab nur diese beiden Worte, diese beiden Namen, wie dem Jenseits entstiegen.
Der Spitzenkragen meiner Mutter und der meiner Säuglingsausstattung trugen Blut- und Eiterflecken davon.

XV

Sehr viel später, mit neunzig Jahren, auf seinem Todeslager erinnerte Vater sich zum letzten Mal, mit der letzten Träne, an jene Begegnung. Er machte sich noch immer Vorwürfe, weil er ihr nicht geschrieben hatte, um ihr die Demütigung zu ersparen, daß er, ihr Ehemann, der Herr der eleganten Welt von Asunción, nichts weiter war als ein jämmerlicher Hilfsarbeiter der Zuckermühle, die im Urwald errichtet wurde.
»María..., meine Liebste!« Es waren seine letzten Worte.
Es war das Requiem, das er für die Ehefrau anstimmte, die in der Blüte ihrer Schönheit und ihrer Jugend in Manorá gestorben war. Die gleichen Worte wie vor fünfzig Jahren, die er in seinem Herzen gewiß bis zum letzten Seufzer unablässig wiederholt hatte.

Ach Schmerzensmutter, abwesende Mutter... Ich komme, um den letzten Seufzer zu suchen, den du im Garten begraben hast, als du neben der Pforte gefallen bist.
Sie tat sich nicht mehr auf für dich mit deinem kleinen Bund Gemüse für das Essen des Vaters in den Händen.
Du warst aufs Gesicht gefallen, ganz klein auf dem großen Schlaf.
Vater kniete sich auf die Erbsen und die Dillblüten, die verstreut auf dem Boden lagen. Er hob deinen Körper auf und trug dich in seinen Armen zum Haus, zur Nacht, im gleichen Augenblick, da ich deine Stimme hörte, die mich ganz sanft aus einem Winkel der Zelle rief.

SECHZEHNTER TEIL

I

Ich roch den Geruch der fermentierten Melasse, der immer näher kam.

Ich bewegte mich stolpernd auf dem Erddamm vorwärts, getrieben von den Stichen der Brennesseln, des Zuckerrohrs, meiner tödlichen Angst.

Ich bewegte mich unaufhörlich vorwärts zu jenem Ursprung, der für immer außerhalb meiner Reichweite bleiben würde.

›Es ist nutzlos, weiterzumachen‹, sagte ich mir.

In diesem Augenblick erkannte ich den Ort. Das Haus existierte nicht mehr. Nur ein kleines Stück Ödland, von Unkraut überwuchert. Die Pforte war da, schief, fast zerfallen. Ich trat näher und berührte ihr Holz, an dem die Zeit und die Unbilden der Witterung ihren Grimm ausgelassen hatten.

Wir konnten nicht sprechen. Die Pforte konnte nicht mehr aufschwingen noch in ihren verrosteten Angeln quietschen. Sie hatte die Sprache verloren. Ein Knoten bildete sich in meinem Hals.

Ich umarmte sie lange, bis ich ihre wurmstichigen Bretter zum Knarren brachte. Ich glaubte, ich würde für immer dort bleiben, dicht an sie gedrängt.

»Ich werde zum Lehrer Cristaldo gehen...«, sagte ich zu ihr, wohl wissend, daß dieser Abschied für immer war.

II

Der Dunst der Morgendämmerung stieg auf. Ich ging den Weg zurück, umgeben von schwimmenden Inseln aus Nebel.
Ich fiel mehrmals mit dem Gesicht auf die tiefen Fahrspuren der Wagen. Die unbeschuhten Füße berührten, betrachteten den Boden und führten mich.
Die Luft, die Gerüche des Gehölzes zeigten mir die Nähe der alten Orte an. Ich gelangte schließlich zu den Gleisen, auf denen schwach der blasse Glanz eines Mondes im letzten Viertel schimmerte.
Ich begann auf den Schwellen in Richtung zur toten Lagune von Piky zu gehen. Die Splitter des hundertjährigen Holzes drangen mir in die Fußsohlen, ließen mich wissen, daß ich wach war. Je näher ich der Lagune kam, um so mehr schnürte ihr Gestank mir den Hals zusammen.
Ich spürte, daß der Wind sich gelegt hatte. Der Wind legt sich immer einen Augenblick bevor man weiß, was geschehen wird.

III

Am Anfang der Kurve sah der Flüchtling einen Lichtschein vor sich. Er schien um sich selbst zu kreisen, in Brusthöhe. Der Mann kam näher und sah, daß der Lichtschein seinen Ursprung im Stamm eines Baumes hatte, der innen brannte.
Ein lebendiges Licht wie von tausend in Flammen stehenden Glühwürmchen, die sich im Eingeweide des Baumes krümmten.
Nie hatte er ein ähnliches Licht gesehen. Jedes Licht ist im-

mer neu, hörte er den Lehrer Gaspar in seiner Erinnerung sagen. Aber dieser Lichtschein hier schien ihm aus der Tiefe der Zeiten zu kommen.
Das stumm lodernde Feuer erleuchtete die Felder im Umkreis.

IV

Das Haus des Lehrers war verschwunden. Der Mann suchte es vergeblich in allen Richtungen.
In diesem Nicht-Sehen vor lauter Sehen-Wollen wünschte er sich, daß das Verschwinden nicht wahr wäre. Die Wahrheit zwang sich ihm von innen auf.
Er näherte sich dem funkensprühenden Baum.

Sein Herz tat einen Sprung. Der Baum mit dem brennenden Bauch war der riesige Tarumá-Baum, eingehüllt in den Glanz seiner Eingeweide, die mit dem Prasseln des lebendigen Feuers verbrannten.
Der Mann zitterte bei jedem Aufleuchten, während er in der Unmöglichkeit der Welt auf das Wunder des Möglichen hoffte.
Er hoffte, daß die Pfahlhütte vor ihm in der Mitte der Lagune auftauchte und daß der Lehrer Cristaldo ihm in seinem Boot entgegenkäme, obwohl er von vornherein wußte, daß dies nicht mehr geschehen konnte.
Mit einem dürren Ast, den er wie eine Schaufel handhabte, füllte er Zweige und Laub in die brennende Höhlung. Die Flammen schlugen heftig hoch, als explodierte in ihnen das Brausen des Windes.

V

Die Vergangenheit war da, in dieser brennenden Höhlung, plötzlich reglos, ohne Überreste, und verbrannte ihre Unreinheiten.
Der Mann entledigte sich der Lumpen, die noch an ihm herabhingen. Er war nun völlig nackt.
Er war dabei, die Welt zu betreten, alles Erschaffene hinter sich lassend, frei von Erinnerungen, von Sehnsüchten, von Kummer, von Reue.
Er hob das Notizheft vom Boden auf und steckte es unter den Arm.

VI

Inmitten des trüben Nebels sah er die Gestalten der Zwillinge vorwärtsschreiten, die ihre Pistolen in der Hand hielten. Er hörte ihre rauhen Stimmen, die ihn mit altem, erinnerungslosem Haß bei seinem Namen riefen.

Ohne Hast, mit langsamen Bewegungen, als bewegte er sich schon in einem Traum, notierte der Mann ein letztes Wort in das Heft. Er steckte es wieder unter den Arm, stützte sich auf eine der Wurzeln des Baumes und kletterte hinauf, um sich in die Öffnung zu legen.
Der magere Körper, von Narben besät, verschwand völlig in den Flammen.

VII

Einen Augenblick später erklangen die Schüsse.
Die Kugeln blieben zwischen den brennenden Kloben stek-

ken und ließen einen Regen aus Funken niedergehen, die groß waren wie Glühwürmchen.

Die Männer stürzten sich auf die brennende Höhlung und durchsiebten das Feuer mit einer weiteren Salve von Schüssen.

7. März – 1. Juli 1994